니 부모
 얼굴이
보고싶다

일러두기

이 책은 하타사와 세이고의 희곡 「親の顔が'見たい」(2008)를 원작으로 하여 쓰인 소설을 우리말로 옮긴 것입니다.
이 책에 실린 모든 주석은 옮긴이가 붙인 것입니다.

니 부모 얼굴이 보고 싶다

원작 하타사와 세이고
글 하타사와 세이고 · 구도 치나쓰
옮김 추지나

OYA NO KAO GA MITAI

by Seigo Hatasawa, Chinatsu Kudo

Original Text Copyright © 2008 by Seigo Hatasawa

Text Copyright © 2012 by Seigo Hatasawa, Chinatsu Kudo

All rights reserved.

Korean Translation Copyright © 2012 by Darun Publishing Co.

Korean translation rights are arranged with Seigo Hatasawa, Chinatsu Kudo
through Noriko Kimura.

이 책의 한국어판 저작권은 Noriko Kimura를 통해 저작권자와 독점 계약한 도서출판 다른에 있습니다.

신 저작권법에 의해 한국 내에서 보호를 받는 저작물이므로 무단 전재와 무단 복제를 금합니다.

작가의 말

현실은 언제나 픽션을 앞서갑니다. 그럼에도……

저는 일본 아오모리 고등학교의 교사로 아이들을 가르치고 있습니다. 학생의 생활 부분 지도를 주로 하는 '생활 지도부'라는 부서에 오래도록 소속되어 있습니다. 『니 부모 얼굴이 보고 싶다』는 소설이기는 하지만, 실제로 제가 교사로서 보고 들은 일이며 부모님과 이야기한 내용을 작품 안에 많이 인용했습니다. 25년 교사 생활이 쌓여서 희곡이 되고 소설이 되었다고 해도 지나친 말이 아니지요.

제가 다니는 학교에서는 다행스럽게도 이 이야기에 나오는 것과 같은 끔찍한 집단 따돌림은 일어나지 않았습니다(일어나지 않았다고 믿고 있습니다). 한 학생을 무시하거나 그룹에 끼워 주지 않는 따돌림, 집요하게 놀리거나 특정 역할을 떠맡기려는 일은 안타깝게도 일상적으로 일어나지만 말입니다. 저를 포함한 전국의 교사들은 온갖 방법으로 열심히 지도하고 있지만, 여름 모기처럼 들끓는 이러한 문제들을 완전히 뿌리 뽑을 수는 없습니다.

저는 어느 학생에게 이런 말을 한 적이 있습니다.

"만약 네가 집단 따돌림으로 괴로워한다면 상담해 줬으면 좋겠다. 내게 상담해 주면 좋겠지만, 그러기 싫다면 다른 누구든 좋아. 고민을 털어놓았으면 한다. 혹시 상담도 못 하고 괴로움에 견딜 수 없게 되더라도 하나만 약속해 주렴. 죽지 마라. 네가 죽어도 괴롭히던 애들은 반성 따위 하지 않아. 마음 아파하지도 않아. 그러니까 죽음으로 앙갚음할 수는 없단다. 조금만 더 참으면 졸업이야. 졸업하면 세상은 지금 네가 상상할 수조차 없을 정도로 넓어지지. 집단 따돌림이 있던 좁은 세계 따위 다 날아가 버린단다. 그러니 죽으면 안 돼. 그때까지 열심히 살아라."

과연 집단 따돌림이 사라지는 날이 올지는 알 수 없습니다. 그럼에도, 교실을 뒤덮은 슬픈 안개가 하루라도 빨리 걷히기를 바라 마지않습니다.

이 작품은 2012년 1월 한일 교류 낭독 공연으로 상연되었습니다. 그 뒤, 신시컴퍼니에서 무대에 올려 큰 화제를 모았습니다. 제 작품이 주목받았다니 기쁘지만, 한국에서도 집단 따돌림이 사회 문제가 되고 있다는 사실에는 마음이 아픕니다. 이번에 소설로 출판하게 되어 영광입니다. 한 명이라도 더 이 책을 읽고, 한 명이라도 더 집단 따돌림에 대해 생각해 준다면 작가로서 그보다 기쁜 일은 없을 겁니다.

하타사와 세이고

1

학년주임 하라다 선생을 뒤따라 계단을 오를 때였다. 시바타 준코는 누군가의 시선을 느끼고 순간 멈칫했다. 사람이라 생각한 그것은 층계참 창문 부근에 장식된 성모 마리아상이었다. 스테인드글라스를 배경으로 서 있는 마리아상은 모든 것을 받아들일 듯 양팔을 펼치고 있었다. 난 무엇이 두려운 걸까? 이렇게 떨면서 오늘 이 사태를 견뎌 낼 수 있을까?

"자, 이쪽입니다."

"네."

일본에서도 손꼽히는 명문 중학교인 사립 세이코여자중학교 회의실은 공립 중학교의 그것과는 역시나 느낌이 다르다. 사무용 책상이나 철제 의자가 아니라, 스무 명은 둘러앉을 법한 큼직한 마호가니 탁자와 중후하기 그지없는 의자들이 중앙에 자리 잡고 있다.

"이쪽에 앉으시죠."

하라다 선생이 준코에게 정중히 의자를 권했다.

"네…… 죄송해요. 애 아버지도 곧 올 거예요."

"알겠습니다."

주임 선생은 사무적으로 대답하더니 준코를 홀로 남겨 두고 회의실을 나가 버렸다. 준코는 아무래도 진정이 되지 않았다. 주위를 둘러보았지만 회의실의 커다란 창문 역시 스테인드글라스라 바깥 풍경이 보이지 않았다. 옴팡한 선반에는 맞춘 것처럼 딱 맞는 크기의 마리아상이 장식되어 있었다. 회의실의 마리아상은 두 손을 모으고 있다. 미션스쿨이니 당연하겠지. 하지만 도대체 학교 안에 마리아상이 몇 개나 있는 걸까?

그때, 가까이에서 사람 기척이 불쑥 다가오는 바람에 준코는 놀라서 자리에서 주춤 일어났다.

"아, 도다 선생님……"

"……녹차랑 커피 중에 뭐가 좋으세요?"

"아, 신경 쓰지 마세요."

"커피도 괜찮으세요?"

"아뇨, 괜찮아요."

"실례할게요."

언제 들어왔지? 준코의 딸 아이리의 담임인 도다 나쓰키의 낯빛이 심상치 않았다. 대답도 유령처럼 공허했다. 준코는 도다 선생이 나간 문을 바라보았다. 아니, 이럴 때가 아니다. 학교에서 연락받고 여태 아이리 아빠와 통화가 되지 않는다. 애 아빠는 아무것도 모른다. 휴대전화를 꺼내 전화를 걸었다. 또 음성 사서함이다. 벌써 몇 차례나 메시지를 남기는지 모르겠다.

"학교에 도착했어요. 여보, 어떡해요. 나 혼자예요. 빨리 연락 줘요. 꼭요."

2

전화 끊을 시점을 계산이라도 한 것일까? 하라다 선생이 보호자로 보이는 여자를 데리고 들어왔다.

"여기입니다."

"네."

"앉으시죠. 여기서 잠깐 기다려 주세요."

그리 화려한 얼굴은 아니었지만 야무진 얼굴에 곱게 화장을 하고 멋들어진 정장을 차려입었다. 준코는 불현듯이 자신의 흐트러진 머리카락이며 카디건의 보풀이 신경 쓰이기 시작했다. 여자는 자리에 앉음과 거의 동시에 하라다 선생에게 말했다.

"잘 좀 부탁드려요."

"선생님이 꼭 붙어 있으니 염려하지 마세요."

"될 수 있으면 빨리 데리고 돌아가고 싶은데요."

"다들 모이시면 바로 시작할 겁니다."

"시간이 얼마나 걸릴까요?"

"글쎄요, 그건 장담할 수가 없군요."

다른 사람 신경 쓸 때가 아니었다. 준코는 두 사람의 이야기에 끼어들었다.

"죄송한데요, 선생님."

"네."

"남편 말인데요, 통화가 잘 안 되네요."

"저런."

"곧 연락이 될 거예요."

"아직 다 모이지 않았으니 괜찮습니다."

"네."

도대체 선생한테 무슨 말을 하고 싶었던 걸까? 준코는 스스로에게 안달이 났다.

"……그럼 실례하겠습니다."

주임 선생은 두 엄마를 슬쩍 보더니, 말없이 인사하고 다시 회의실을 나갔다. 준코는 서먹한 분위기를 참지 못하고 먼저 말을 붙였다.

"안녕하세요."

"……안녕하세요."

"2학년 3반 학부모세요?"

"……그런데요."

"고생하시네요."

"중학생 여자애를 4시에 불러내서 7시까지 학교에 두다니, 이게 말이 돼요?"

"뭐, 어쩔 수 없죠. 오늘 아침에 반에서 그런 일이 있었으니."

"우리 레이라하고는 관계도 없는데."

"아, 네……."

"정말 상식이 없어도 유분수지."

그럼 이 여자가 야시마 레이라의 엄마라는 소리다. 준코는 레이라가 전학 왔을 때, 영어를 술술 하는 유학파 친구가 생겼다며 들떠 있던 아이리 모습을 떠올렸다. 전에 한번 역 앞 아이스크림 가게에서 아이리가 반 애들 몇 명이랑 있는 걸 봤다. 뉴욕에서 자랐다는 레이라는 엄마인 미사오처럼 고집 센 인상이 아니라, 얌전해 보이는 소녀였다.

문득 정신을 차리고 보니 도다 선생이 또 유령처럼 서 있었다.

"아."

"……커피가 떨어졌어요."

"……."

"녹차도 괜찮으신가요?"

역시 심상치 않다.

"아, 신경 쓰지 마세요."

준코는 될 수 있는 대로 부드럽게 거절했다. 도다 선생은 이번에는 미사오에게 말을 걸었다.

"어머님, 녹차 괜찮으세요?"

"아뇨, 됐어요."

"녹차도 괜찮으시죠?"

미사오는 집요하게 물고 늘어지는 선생의 물음에 대답하지 않은 채 불쑥 일어났다.
"……도다 선생님이시죠?"
"……네."
"레이라가 신세를 많이 지네요."
미사오가 준코까지 흘끔 바라보는 바람에 준코도 허둥지둥 선생에게 인사했다.
"아, 늘 감사합니다."
"아, 아뇨."
대답이 영 미덥지가 않네. 준코가 그런 생각을 하고 있는데 말투만은 냉정하고 정중하기 그지없는 미사오가 선생에게 고자세로 묻기 시작했다. 그에 대해 도다 선생이 횡설수설 대답하는 모양새가 꼭 교사와 학생 같았다.
"평소 생활에서 뭐 이상한 점은 없나요?"
"아뇨, 그다지……."
"레이라, 지금 어쩌고 있나요?"
"네?"
"걱정이네요. 애가 너무 예민해서."
"그럼 한번 보고 오겠습니다."
"부탁드려요. 그러면 이것도 좀 전해 주시겠어요? 우리 애가 수돗물을 못 마셔서요."

"알겠습니다."

레이라 엄마는 큼직한 루이뷔통 가방에서 에비앙 생수병을 꺼냈다. 도다 선생이 생수병을 건네받아 문으로 향했다. 준코는 반사적으로 도다 선생을 불러 세웠다.

"선생님."

"네."

"……아니에요. 죄송합니다."

"그럼."

도다 선생이 조용히 인사하고 회의실을 나가자, 침묵이 또다시 두 엄마를 에워쌌다. 역시나 불편함을 견디지 못한 준코가 먼저 말을 꺼냈다.

"학교란 덴 왠지 마음이 편치 않지요?"

"네?"

"슬리퍼 때문인 것 같아요."

"슬리퍼요?"

미사오가 발치를 내려다보았다. 두 사람 다 조금 전에 현관에서 갈색 비닐 슬리퍼로 갈아 신었다. 슬리퍼에는 세심하게도 '세이코여자중학교'란 글씨와, 별을 모티프로 한 학교 문장까지 찍혀 있었다.

"비닐에다, 반들반들 빛나고, 학교 이름까지 적혀 있는 게……

어쩐지 병원에 온 것 같지 않아요?"

"아……."

"찰딱찰딱 소리까지 나는 게 도무지 좋아할 수가 없어요. 걸을 때 불안하지 않아요? 그러고 보니 선생님들은 대부분 운동화를 신던데. 왜 슬리퍼를 신지 않을까요? 왜 그런지 아세요?"

"손님이랑 구별하기 위해서, 아닌가요?"

"그런가."

"원래 슬리퍼는 샤워하고 침실에서 신는 거죠."

"아, 그런가요?"

뉴욕에서 살았던 게 그렇게 대단한 건가. 이 여자와는 별로 친해지고 싶지 않네. 준코는 그렇게 생각했다.

3

노크 소리가 들리고 주임 선생이 또 다른 보호자들을 데리고 회의실로 들어왔을 때, 솔직히 준코는 한숨 놓였다.

"여깁니다."

"네."

"이쪽에 앉아서 기다려 주세요."

"네."

"잠시 실례하겠습니다."

"수고가 많으십니다."

똑 부러진 인상의 부부였다. 마흔쯤 되어 보이는 성실해 보이는 남자가 회의실을 나가는 주임 선생에게 예의 바르게 답인사했다. 그러고 보니 남편한테 아직도 전화가 없다. 대체 그 인간은 어디서 뭘 하고 있는 건지. 시선이 마주쳐서, 준코가 먼저 인사를 건넸다.

"안녕하세요."

주임 선생에게도 그랬듯이 여자는 가만히 있고, 남자가 대답했다.

"안녕하세요."

"2학년 3반 학부모세요?"

"네, 맞습니다."

준코는 자기소개를 기대했지만 뒷말이 없었다. 2학년 3반에서 일어난 사건과 관계가 있어서 불려 왔다는 것쯤은 준코도 알고 있는데 말이다. 준코는 나중에야 알게 됐지만 그들은 하세베 미도리의 부모인 료헤이와 다에코였다. 근무하는 학교는 달랐지만, 두 사람 모두 교사였다.

창백한 얼굴의 도다 선생이 차를 들고 들어왔다.

"……오래 기다리셨죠?"

선생은 먼저 맨 처음 온 준코 앞에 찻잔을 놓았다. 쟁반이 달각달각 떨리는 것을 필사적으로 억누르면서.

"고마워요."

이어서 미사오 앞에도 찻잔을 내려놓았다.

"드세요."

"아, 감사합니다."

"레이라한테 물 전해 줬어요."

"어땠어요?"

"……네?"

"애가 너무 충격을 받았더라고요."

"신경 써서 볼 테니 염려하지 마세요."

"잘 좀 부탁드려요."

미사오는 처음으로 엄마다운 모습으로 선생에게 깊숙이 고개를 숙였다.

그때, 여태껏 한 마디도 하지 않았던 다에코가 입을 열었다.
"선생님."
"......네."
"애들 때문에 늘 고생이 많으세요."

조용하면서 똑 부러진 말투였다. 도다 선생은 순간 몸을 움츠렸다.

"......두 분 다 녹차 괜찮으세요?"
"아뇨, 괜찮습니다."

료헤이가 묻자마자 거절하는 바람에 도다 선생은 입을 다문 채 우두커니 서 있었다.

4

노크 소리가 들렸다. 하라다 선생이 부모라고 하기에는 나이가 지긋한 부부를 데리고 들어왔다. 그러다 도다 선생의 모습을 보았고, 깜짝 놀라서 언성을 높였다.

"아니, 도다 선생님!"

"네!"

"지금 뭐 하시는 겁니까!"

"아, 네, 저는 차를……."

"그런 건 됐습니다."

"그럴 수는 없어요."

"여기는 내가 맡을 테니 좀 쉬세요."

"전 괜찮습니다."

"글쎄 됐다니까요!"

"……알겠습니다."

도다 선생은 넋 나간 얼굴로 회의실을 나갔다. 하라다 선생이 노부부를 돌아보았다.

"이쪽으로 오시죠."

"네."

"여기 앉아서 기다려 주세요."

"그러죠."

"실례하겠습니다."

"네."

하라다 선생이 허둥지둥 나가자 노부부는 준코며 미사오, 료헤이와 다에코에게도 깍듯이 인사하고 자리에 앉았다. 준코가 물었다.

"2학년 3반…… 학부모 맞으세요?"

"그렇소."

노인은 의연하게 대답했다. 노부인은 침묵을 지킨 채 준코를 바라보았다.

"아, 네. 실례했습니다."

"아닙니다."

준코 혼자 밑지는 역을 맡은 것만 같았다. 나중에 소개하겠지만, 이들 노부부는 헨미 노도카의 조부모인 시게노부와 도모코다. 시게노부는 팔순에 가까웠지만, 한때 경찰관이었다는 걸 증명하듯 아주 정정했다. 도모코도 칠순을 바라보는 것이 믿기지 않을 정도로 젊어서, 보기에는 예순 살쯤 되어 보였다. 노도카는 개인적인 사정으로 할머니, 할아버지 댁에 살면서 학교에 다녔다.

미도리 아빠 료헤이가 아내에게 작은 소리로 물었다.

"담임인가?"

"응."

"엄청 젊네."

"작년에 학교 졸업하고 온 선생님이래."

"졸업하자마자 임용됐다고?"

"그런가 봐."

참지 못하고 두 사람 곁으로 다가앉은 준코가 대화에 끼어들었다.

"나쓰키라고 부르더라고요."

"나쓰키요?"

처음 듣는지 료헤이가 되물었다.

"선생님 성함이 도다 나쓰키래요."

"아아."

"우리 애가 평소에도 오늘 나쓰키한테 혼났다느니, 그런 얘기를 하거든요. 좀 무르지만 좋은 선생님이래요."

"아, 그렇군요."

다에코는 그런 이야기를 아는지 모르는지 그저 잠자코 앉아 있었다.

5

또다시 노크 소리가 들렸다. 하라다 선생이 또 다른 학부모들을 데려왔다.

"이쪽입니다."

"실례합니다."

회의실로 들어온 부부 중 아내 쪽은 준코뿐 아니라 학교 관계자라면 누구나 잘 아는 동창회장 모리사키 마사코, 시노의 엄마였다. 오늘도 더없이 비싸 보이는 모피 코트를 걸치고 왔다. 옆에 있는 소심해 보이는 남자는 남편인 모리사키 지로일 테고. 하라다 선생은 이제까지보다 더욱 근엄하게, 정중하다 싶게 말했다.

"갑자기 오시게 해서 죄송합니다."

"괜찮아요. 마침 시간이 비었어요. 남편도 그렇고."

지로가 쭈뼛쭈뼛 끼어들었다.

"실은 8시부터 모임이 있었는데……."

"바쁘신데 죄송합니다."

"아니에요. 학교에 큰일이 있었잖아요."

마사코는 남편의 말 따위는 신경도 쓰지 않은 채 그렇게 말하고 하라다 선생을 향해 미소를 지었다.

"감사합니다."

"아침부터 별일이네요."

"네, 뭐."

"저도 정말 얼마나 놀랐는지 몰라요."

"그러셨군요."

"동창회 쪽에서도 할 수 있는 일은 다 할 테니, 뭐든 필요한 게 있으면 말씀하세요."

"감사합니다."

"참, 임시 전체 조회를 한다면서요?"

"네. 내일 9시입니다."

"동창회장이 참석하는 게 나을까요?"

"……그건 알아서 해주십시오."

"그래요. 아, 세이코 회관 건 말이에요. 어떻게든 될 것 같다네요."

"정말입니까?"

"그게……." 이번에는 남편 지로가 나섰다. "본사 임원회에서는 결정했습니다. 금액은 아직 정해지지 않았지만."

"감사합니다."

"이 기회에 바닥만 하지 말고 천장도 다시 해버리죠. 상당히 낡았네요."

"다 힘 써주신 덕분입니다."

"별말씀을."

이게 정말 지금 이 자리에서 해야 할 얘기일까? 자리에 있던 모두가 알맹이 없는 대화를 묵묵히 듣고 있었다. 하라다 선생이 준코에게 불쑥 물었다.

"이제 아이리 아버님만 오시면 모두 모이신 거군요?"

준코는 움찔하며 허둥지둥 대답했다.

"죄송해요. 아직 연락이 되질 않네요."

"바쁘신가 보군요."

"전화 한 번만 더 해볼게요."

"네, 그러세요."

모두의 눈길을 받으며, 준코는 회의실 구석으로 가서 휴대전화 버튼을 눌렀다. 아니나 다를까, 또 음성 사서함 안내 메시지가 흘러나왔다. 따가운 시선들. 준코는 메시지를 남기지 않고 전화를 끊었다.

"죄송해요. 역시 받지를 않네요."

"저런."

하라다 선생이 엉뚱하게 맞장구를 쳤다.

"신경 쓰지 말고 시작하세요."

정말이지 그 인간은 어디서 뭐하는 거람?

"그럼 교장 선생님을 모셔 오겠습니다."

하라다 선생이 회의실을 나서려는데 마사코가 선생을 불러 세웠다.

"선생님."

"네."

"강당으로 이동하나요?"

"아, 그건……."

"다른 부모들은 딴 교실에 모여 있나요?"

"교장 선생님께서 설명하실 겁니다. 그럼……."

더 묻고 싶어 하는 마사코를 무시하고 하라다 선생이 회의실을 나갔다. 그와 엇갈리듯 도다 선생이 쟁반에 찻잔 두 개를 올려서 들어왔다.

"오래 기다리셨죠."

도다 선생이 료헤이와 다에코에게 차를 냈다.

"이것 참……. 감사합니다."

료헤이가 감사 인사를 했다. 다에코도 고맙다고 인사했다. 곧바로 마사코가 도다 선생을 불렀다.

"선생님."

"네."

"오늘 많이 놀라셨죠?"

"아뇨, 괜찮습니다."

"저기, 여기가 설명회장인가요?"

도다 선생은 마사코의 질문에 대답하지 않았다. 일부러 무시하는 것이 아니라 그녀의 귀에는 들리지 않는 것 같았다.
"다른 분들도 녹차 괜찮으세요?"
"아뇨, 저……."
제아무리 마사코라도 다음 말이 나오지 않는 모양이었다.
"실례하겠습니다."
도다 선생이 회의실을 나가자마자 마사코의 남편인 지로가 중얼거렸다.
"저 선생, 괜찮은가?"
마사코도 거들었다.
"그러게 좀 이상하네."
"자기 반에서 그런 일이 있었는데, 이상해질 만도 하지."
"하기야."
"게다가 맨 처음 발견했다잖아."
회의실 안의 공기가 날카로워졌다. 준코는 휴대전화를 꺼내 또 한 번 회의실 구석으로 가서 거칠게 버튼을 눌렀다. 미사오는 그 커다란 루이뷔통 가방에서 담배와 라이터를 꺼내더니, '달칵' 하고 불을 붙였다. 마사코가 일어나 미사오 앞으로 성큼성큼 나아갔다.
"이봐요, 지금 뭐하는 거예요?"
"왜 그러세요?"

"상식이란 게 있을 텐데요."

"걱정하지 마세요. 휴대용 재떨이도 있으니까."

미사오는 가방에서 휴대용 재떨이를 꺼냈다.

"그런 문제가 아니라, 학교 안은 금연인 거, 모르세요?"

"그래도 선생님들은 피우잖아요?"

미사오가 불만스레 대꾸하자 료헤이까지 나서서 나무랐다.

"아뇨, 지금은 어느 학교든 금연입니다. 학교 안에선 어디서도 피우면 안 돼요."

"아, 그런가요?"

"원, 세상에. 그건 기본 아니에요?"

마사코가 우쭐해서 덤벼들자 미사오는 포기하고 휴대용 재떨이에 담배를 비벼 껐다.

"이 멍청이!"

준코의 고함이 회의실에 울려 퍼졌다. 회의실 안의 시선들이 준코에게 모여들었다. 아차 싶었을 때는 이미 늦었다. 준코는 끝끝내 통화가 되지 않는 남편을 향한 분노를 도저히 억누를 수가 없었다.

노크 소리가 들렸다. 하라다 선생이 나카노와타리 교장을 데리고 들어왔다. 도다 선생이 고개를 숙인 채 두 사람 뒤를 따랐다. 교장은 회의실을 둘러보더니 천천히 이야기를 시작했다.

"안녕하세요, 여러분. 교장인 나카노와타리입니다."

교장이 인사하자 다들 답인사를 했다.

"바쁘신 와중에 이렇게 모여 주셔서 정말 감사합니다. 텔레비전이나 신문을 통해서 잘 알고 계실 줄 알지만, 학년주임인 하라다 선생님께서 이번 사건을 간략하게 정리해 드리겠습니다. 하라다 선생님?"

교장의 눈짓에 하라다 선생이 한 걸음 앞으로 걸어 나왔다.

"금일 오전, 본교 2학년 3반 이노우에 미치코 양이 자살했습니다."

이미 다들 들었을 테지만, '자살'이라는 말에 새삼 회의실 안에 팽팽한 긴장감이 감돌았다.

"상세하게 말씀드리죠. 본교 2학년 3반 담임 교사인 도다 선생님이 최초 발견자입니다. 오전 7시 10분, 교문이 열리자마자 출근한 도다 선생님은 교무실에서 업무를 본 뒤, 오전 7시 40분경에 비품 교환을 위해 2학년 3반 교실로 갔습니다. 그리고 그곳에서 칠판 위의 교내 방송용 스피커에 빨랫줄을 걸어 목을 맨 이노우에 미치코 양을 발견했습니다.

도다 선생님은 곧바로 교무실에 연락을 취했고, 달려온 남자 선생님들과 함께 자동제세동기 및 인공호흡으로 학생을 살리려 했으나 이미 심폐 정지 상태였으며, 119 신고로 달려온 구급대원이 오전 7시 57분에 미치코 양의 사망을 확인했습니다. 정말로 안타깝기 그지없는 일입니다.

백 명 남짓 되는 학생이 이미 등교한 상태였지만 교장 선생님의 판단으로 임시 휴교 조치를 내렸고, 등교한 학생은 모두 집으로 돌려보냈습니다.

경찰 수사 및 현장 검증은 오전 8시 30분에 시작되었고, 오전 11시 23분에 끝났습니다. 자살이라 보아도 무방하리라는 판단이 내려졌지요. 저희는 임시 교무 회의를 거쳐 16시, 2학년 3반 학생 모두에게 연락을 취해 다시 학교에 오도록 했고, 사실 설명과 함께 사정 청취 단계를 밟았습니다."

"사정 청취요?"

미도리 아빠 료헤이가 듣고 지나칠 수 없었는지 이야기 도중에 끼어들었다. 하라다 선생은 끝까지 냉정한 태도를 유지했다.

"교실에서 죽은 이상, 반 아이들과 연관되었을 가능성을 배제할 수 없으니까요."

"……그렇겠죠."

시노 아빠인 지로가 저도 모르게 맞장구를 치고서 아내 마사코를 흘끔 쳐다봤다. 마사코는 표정이 없었다. 하라다 선생은 꼭 집어 료헤이를 바라보며 이야기를 보탰다.

"이노우에 미치코 양의 자살과 관련해서 짐작 가는 바가 있는지 학생들에게 묻고 이야기를 들었습니다."

"뭔가 알아냈습니까?"

료헤이가 다시 물었다.

"지금으로서는 알 수 없습니다."

"지금으로서는……이라니요?"

료헤이의 목소리가 한층 딱딱해지자, 나카노와타리 교장이 거들고 나섰다.

"사정 청취 중이던 오늘 오후 5시께 학교로 편지가 한 통 왔습니다. 도다 선생님 앞으로요."

"편지요?"

생각지 못한 전개였는지 료헤이는 순간 멈칫했다. 교장이 이야기를 이어 갔다.

"이노우에 미치코 양이 보낸 것이었죠. 죽기 전에 보낸 것 같습니다."

하라다 선생은 양복 안주머니에서 편지 봉투를 꺼내더니, 봉투 속의 편지를 꺼내 들고 천천히 읽기 시작했다.

"저는 반 친구들에게 따돌림을 당하고 있습니다. 처음에는 무시만 당했습니다. 원인은 잘 모릅니다. 그저 제가 나쁜 것 같다는 점만 압니다. 그래서 사과도 해봤어요. 하지만 용서해 주지 않았습니다. 왜인지는 모르겠습니다. 따돌림은 점점 심해졌고, 학교에 가기 괴로웠어요. 아침에 눈을 뜨는 것도 견디기 힘들었고, 그런 저 자신이 너무 싫었습니다. 정말로 죄송해요. 선생님께서 몇 번이고 괜찮으냐고 물으셨지만, 아무 얘기도 하지 못했어요. 걱정 끼쳐서 죄송합니다. 같이 도시락 먹자고 해주셔서 기뻤어요. 선생님 수업도 재미있었습니다. 선생님 반이라 다행이에요."

도다는 자기 얘기를 듣고도 꿈쩍도 하지 않았다. 하라다 선생은 다음 내용을 읽을지 말지 머뭇거리며 고개를 들었다. 그러고는 천천히 편지로 눈길을 돌리더니 한 자 한 자 곱씹듯이 읽어 나갔다.

"2학년 3반. 시노, 미도리, 노도카, 레이라, 아이리."

하라다는 편지를 조심조심 봉투에 넣은 다음 양복 안주머니에 도로 집어넣었다.

7

"그게 무슨 뜻입니까?"

시노 아빠 지로가 먼저 입을 열었다.

"들으신 그대로입니다."

하라다 선생의 태연한 대답이 이해가 되지 않는다는 듯 지로가 다시 한 번 물었다.

"이름이……?"

"네. 이름이 쓰여 있습니다."

아이리의 엄마인 준코도 가만히 있을 수 없었다.

"왜 우리 애 이름이 쓰여 있죠?"

"왜냐고 물으셔도……."

머뭇거리는 교장을 힘껏 몰아붙이듯 마사코가 따져 물었다.

"왜 우리 애 이름이 맨 앞에 나오죠?"

"그러니까 왜냐고 물으셔도……."

교장이 대답하지 못하자 하라다 선생이 거들었다.

"편지를 받은 뒤에 이름이 적힌 모리사키 시노, 하세베 미도리, 헨미 노도카, 야시마 레이라, 시바타 아이리, 이상 다섯 명의 학생에게 중점적으로 자초지종을 들으면서 다른 학생들은 집으로 돌려보냈습니다."

주임 선생의 대답이 마사코의 분노에 기름을 부은 셈이었다.

"아니, 그럼 지금 우리 애들만 남아 있다는 거예요?"

"네."

"불려 온 부모들도 저희뿐이고요?"

"그렇습니다."

순간의 침묵을 깬 사람은 레이라 엄마 미사오였다.

"사정 청취라니, 무슨 소리죠?"

"선생님들이 각 학생의 이야기를 듣고 있습니다."

어디까지나 냉정하게 대답하는 하라다 학년주임이었지만 미사오는 계속 물고 늘어졌다.

"범인 취급인가요?"

"아니요, 그럴 리가 있겠습니까."

곤경에 빠진 하라다 학년주임을 나카노와타리 교장이 감싸고 나섰다.

"양해 부탁드립니다. 학교 측에서도 최선의 조치를 다해야 하니까요."

하라다 학년주임은 미사오를 빼놓고 다른 보호자들을 죽 둘러보았다.

"그래서 말씀드리는 것인데, 우선 부모님들께 여쭙겠습니다. 아이들이 가정에서 좀 이상한 모습을 보이지 않았습니까?"

미사오는 여전히 흥분을 가라앉히지 못했다.

"우리 아이가 집단 따돌림에 가담하기라도 했다는 말씀이세요?"

"아니요, 그렇다는 게 아닙니다."

하라다 선생은 허둥지둥 부인했지만 미사오는 더욱더 깊이 파고들었다.

"그래서 미치코 학생이 자살했다는 건가요? 부모가 책임지라는 말이에요?"

"아닙니다, 어머님. 그렇지 않습니다."

"그러니까 이게 그런 모임이란 말이군요?"

"그런 말씀은 드린 적이 없습니다. 그런 게 아니라……."

미사오는 끝내 역정을 냈다.

"그런 게 아니면 뭐예요!"

이번에는 나카노와타리 교장이 선생을 거들었다.

"아, 우리 학교에서는 '진리와 우애'라는 교훈 아래 평소에도 선생님들이 하나가 되어, 하느님 뜻에 따라 인간 교육에 힘쓰고 있습니다. 학생 한 사람 한 사람이 배려심을 키울 수 있도록, 배려심 가득한 학교 만들기에 힘써 노력하고 있습니다. 교직원 전원이 크게 놀라고 슬퍼하고 있습니다."

"그래서 우리한테 뭘 어쩌라는 겁니까?"

쭉 이야기를 듣던 지로가 불쑥 끼어들었다.

나카노와타리 교장은 분명하지 않은 말투로 대답 아닌 대답을 했다.

"아, 어떻게 할까요?"

"장난칩니까?"

지로의 말투도 전과 달리 거칠었다.

"그럴 리가요. 저희는 그저 상담의 차원에서……."

"상담이요?"

마사코는 나카노와타리 교장을 매섭게 노려보았다.

"이후의 대응 방향에 대해 의논을 드리려는 겁니다."

문 두드리는 소리가 조용히 울리고, 도다 선생이 들어왔다. 쟁반에 또 한 번 찻잔을 준비해서.

"실례합니다."

"도다 선생님!"

나카노와타리 교장도 놀란 얼굴이었다. 하라다 학년주임이 말했다.

"쉬라고 하지 않았나요?"

"왜 그러세요. 저는 아무렇지 않아요."

도다 선생은 대답은 했지만 여전히 얼빠진 표정에 볼에 핏기도 없었다.

"낯빛이 안 좋아요."

지로가 걱정스럽게 말을 붙였다.

"그렇지 않아요. 늘 신세 지고 있습니다. 감사합니다."

"아닙니다."

선생의 억양 없는 목소리에 지로는 할 말을 잃은 모양이었다. 도다 선생은 천천히 차를 내고 나서 하라다 학년주임 옆자리에 가서 앉았다.

"도다 선생님……."

도다 선생은 얼굴을 들여다보는 하라다 학년주임에게 로봇처럼 "괜찮아요." 하고 딱 한 마디만 했다.

"저기요, 하라다 선생님."

마사코가 참지 못하고 물었다.

"시노가 우리 시노예요?"

"그렇겠죠."

"정말로 우리 시노 맞아요?"

"3반에 시노라는 학생은 한 명뿐입니다. 그렇죠, 도다 선생님?"

"네."

도다 선생이 모깃소리로 대답했다. 사실의 무게에 마사코도 입을 다물었다.

이어서 준코가 입을 열었다.

"3반에 아이리라는 애는 한 명 더 있다고 들었는데요."

"아, 맞습니다. 아키야마 아이리라고."

하라다 선생이 대답했다.

"맞아요. 우리 애가 아니라 그 애를 말한 게 아닐까요?"

"아키야마는 이름 한자가 달라요. 사랑 애愛에 다스릴 리理가 아니라, 사랑 애에 마을 리里를 쓰거든요. 그렇죠, 도다 선생님?"

"네."

도다 선생은 이번에도 들릴락말락하게 대답했다.

마사코가 궁금한 얼굴로 참견을 했다.

"다스릴 리요?"

"'이과' 할 때 '이' 자요."

도다 선생이 대답했다. 기운을 쥐어 짜내듯 힘겹게.

"아, 그래요."

마사코는 선생의 태도에 상당히 짜증이 난 모양이었다. 사실 짜증이 난 사람은 마사코만이 아니었다. 이 자리에 있는 모든 부모가 어디에 대고 어떻게 말을 시작해야 할지 몰라 조바심을 내고 있었다. 결국 미도리 아빠 료헤이가 입을 열었다.

"그래서 뭘 알아내셨습니까? 우리 애들을 조사한 결과 알아내신 게 뭐냐는 말입니다."

"딱히 알아낸 건 없습니다. 하지만 모두 같은 그룹이었어요. 이 다섯 명에 미치코 양까지 여섯 명이 말이죠."

하라다 학년주임의 표정에는 도무지 변화가 없었다. 연이어 마사코가 물었다.

"그룹이 뭔가요?"

"친구 그룹이죠. 학생들은 뭘 하든 그룹 단위로 움직입니다."

"그룹은 학교에서 정해 주나요?"

"아니요, 학생들 사이에서 자연스럽게 정해집니다. 사이좋은 애들끼리 모여서요. 이동하거나, 도시락을 먹거나, 언제나 함께하죠. 요즘 애들은 아주 신경을 많이 씁니다. 그룹에 들어가지 못하면 외톨이가 되니까요."

"그렇군요."

"아무래도 요즘엔 그다지 사이가 좋지 않았던 모양입니다."

학년주임의 설명은 보호자들에게 전혀 도움이 되지 않았다. 료헤이가 거친 말투로 물었다.

"무슨 말이죠?"

학년주임은 대답하는 대신 옆에 있는 도다 선생을 찔렀다.

"미치코가 교실에서 혼자 도시락을 먹더라고요. 무슨 일이냐고 물었더니 그룹에서 쫓겨났다고 했습니다……."

준코가 '쫓겨났다'는 말에 움찔 반응했다. 도다 선생의 더듬거리는 말을 이어받듯 학년주임이 이야기를 계속했다.

"아무래도 지난달 크리스마스 예배 때부터 그런 경향이 있었던 것 같습니다."

마사코는 도다 선생이 아니라 학년주임에게 물었다.

"따돌림이 시작되었다?"

"그런데 다섯 명 모두 '따돌리지는 않았다'고 입을 모으고 있습니다."

"그야 그렇겠죠."

미사오가 내뱉듯 말했을 때, 여태껏 침묵을 지키던 시게노부가 처음으로 입을 열었다.

"정말인가요? 다섯 명 전부 그렇게 말한 게 확실합니까?"

학년주임이 오히려 머뭇거렸다.

"네, 그런데요. 왜 그러시죠?"

"……아닙니다."

다시 회의실에 침묵이 차올랐다. 료헤이가 말을 꺼냈다.

"지금 애들은 어쩌고 있습니까?"

하라다 학년주임이 부모 얼굴을 하나하나 바라보았다. 그리고 대답했다.

"저마다 다른 교실에서 한 명씩 대기하고 있습니다."

"한 명씩이요!"

미사오가 소리를 지르다시피 했다. 학년주임은 어리둥절한 얼굴이었다.

"새로운 정보가 없으리라고 단정 지을 수도 없으니까요."

"선생님, 우리 애를 아세요? 전학 올 때, 될 수 있으면 혼자 있지 않게 해달라고 부탁드렸는데요."

"마음 놓으세요, 어머님. 학생들은 교사와 함께 있습니다."

그러나 미사오는 집요했다.

"우리 애 좀 보게 해주세요."

나카노와타리 교장이 끼어들었다.

"지금, 말입니까?"

"네, 지금 당장이요."

"그건 곤란합니다. 저희가 좀더 데리고 있겠습니다."

"그것 봐요. 범인 다루듯이 하고 계시잖아요!"

하라다 학년주임도 필사적으로 다독였다.

"그렇지 않습니다."

"우리 애가 다른 애를 괴롭히다니……. 교장 선생님, 정말로 그렇게 생각하세요?"

"아뇨, 그런 건 절대로 아닙니다."

"레이라가 그런 짓을 할 리가 없잖아요."

"아, 네, 그렇죠……."

나카노와타리 교장이 미사오의 시퍼런 서슬에 압도되어 횡설수설하는 틈을 놓치지 않고 시노 엄마 마사코도 몰아붙였다.

"저도 우리 시노를 만나고 싶어요. 만나서 이야기를 들으면 바로 알 수 있어요. 그렇죠, 여보?"

마사코가 남편을 본다. 지로도 고개를 끄덕인다.

"그런 음침한 짓을 할 애가 아닙니다."

나카노와타리 교장으로서는 "네, 뭐……" 하고 애매하게 맞장구칠 수밖에 없었다. 준코도 가만히 있으면 안 되겠다, 무슨 말이라도 해야겠다 싶었다.

"우리 애도 뭔가 착오가 있었던 걸 거예요."

"네, 부모님들 마음은 충분히 이해합니다."

나카노와타리 교장은 이리저리 대답을 피했다. 미사오의 목소리가 높아졌다.

"그런 문제가 아니에요! 우리 레이라는…… 달라요."

말끝에 마사코의 고함이 날아들었다.

"왜 그 집 애만 다르다는 거죠?"

"다르니까 다르다고 하죠."

"저, 죄송합니다만, 지금 그렇게 입씨름해도 소용없어요. 사실 조사는 학교 측의 의무니까요. 그 점은 우리도 이해해야죠."

료헤이가 부드럽게 사이에 끼어들어, 미사오와 마사코도 입을 다물었다.

료헤이는 하라다 학년주임에게 침착하게 물었다.

"여기 얘기가 일단락되면 애랑 같이 돌아갈 수 있습니까?"

"네."

"그러면 저는 됐습니다."

다들 말이 없어졌다. 그때 도다 선생이 작은 목소리로 말했다.

"제가 아이들 상태를 보고 올게요."

"아, 그래요. 그게 좋겠군요. 그게 좋겠어요."

나카노와타리 교장이 한숨 돌리며 말하는 가운데 도다 선생이 조용히 회의실을 빠져나갔다.

9

료헤이가 나카노와타리 교장에게 질문했다.

"이노우에 양 집에는 가보셨습니까?"

"네. 제가 좀 전에 빈소에 다녀왔습니다. 요 근처예요."

"어떤 분위기였죠?"

"물론 슬퍼하고 계셨습니다."

"그게 아니라, 책임 여부를 따지는 분위기는 없었나요?"

"아니요, 그럴 정신이 없으실 테죠."

"부모에게 무슨 말씀을 하셨나요?"

"같은 반 아이들을 학교에 모아 놓고 이야기를 듣고 있다고 했습니다."

"유서 얘기는요?"

"그 이야긴 아직 안 했습니다."

"그렇군요."

"여러분과 의논하는 것이 순서가 아닐까 해서요. 저희도 솔직히 어떻게 대응해야 좋을지 모르겠습니다."

"이해해요." 마사코가 끼어들었다. "하라다 선생님. 유서를 좀 봐도 될까요? 잠깐 확인을 좀 하고 싶어서요."

하라다 선생이 망설이면서 나카노와타리 교장을 바라보았다. 잠시 머뭇거린 끝에 교장이 고개를 끄덕이자, 하라다 선생이 안주머니에서 유서를 꺼내 마사코에게 건넸다.

"감사합니다."

마사코는 유서를 정중히 받아들고 내용을 읽기 시작했다. 다들 마사코를 응시했다. 잠시 후에 마사코가 입을 열었다.

"아, 역시 그렇군요. 선생님 수업도 재미있었어요. 선생님 반이라 다행이에요. 2학년 3반. 시노, 미도리, 노도카, 레이라, 아이리. 도다 선생님께 감사의 말을 한 뒤에 이름이 이어지네요."

"그렇습니다."

하라다 선생도 맞장구쳤다.

"그러니까 이건 우리 애들에게 감사하는 마음을 표시한 것 아닐까요? 고마워, 미안해, 하고요."

"네?"

마사코는 어리둥절해하는 하라다 선생을 힐끔 쳐다보고는 자랑스레 자기 생각을 펼쳤다.

"분명히 맨 처음에 '따돌림을 당하고 있습니다.'라고 쓰여 있으니까 이름이랑 연결해 버리기 십상이죠. 하지만 실제는 그게 아니에요."

"무슨 말씀을 하시는지 모르겠군요."

"미치코 학생을 따돌린 가해자는 따로 있어요. 하지만 우리 애들은 그룹이 달라져서 도와주려야 도와줄 수 없었던 거죠."

"글쎄요, 그건……."

"내용이 그렇잖아요. 그렇게 보이지 않으세요?"

"이런 말씀 드리기 죄송하지만, 좀 억지스럽지 않습니까?"

"그렇지 않은 것 같은데요."

"돌려주시죠."

"……네, 그래요."

마사코가 서운해하며 하라다 선생에게 편지를 돌려주자, 이번에는 남편 지로가 아내의 뒤를 잇듯 교장에게 말했다.

"부모님께는 아직 유서를 보여 드리지 않았다고 하셨지요?"

나카노와타리 교장이 고개를 끄덕였다.

"아직이라면 언젠가는 보여 드리겠다는 건가요?"

"네, 당연히 그래야죠."

"그럼 그 학생 부모님께서 우리 애들 이름을 알게 되겠군요."

"아, 그렇게 되겠군요."

"그 부모님이 매스컴이나 그런 쪽에 알릴까요?"

나카노와타리 교장이 하라다 선생을 쳐다봤고, 이번에는 하라다 선생이 대답했다.

"그렇게 될지도 모르지요."

"그거, 어떻게 안 될까요?"

지로가 말했다. 나긋하지만 상당히 억지스러운 말투로.

"그건 이노우에 학생 부모님께서 판단하실 일입니다. 저희가 참견할 수는 없는 일이지요."

그때 마사코가 끼어들었다.

"저, 하라다 선생님. 잠깐만요."

"네."

"저희 어머니 때부터 세이코여중에 상당히 많은 공헌을 해왔다고 생각하는데요."

"그것과 이것은 다른 문제입니다."

꺼림칙한 침묵이 자리를 감쌌다. 이윽고 료헤이가 천천히 이야기를 시작했다.

"집단 따돌림이 사실인지 확인되지 않은 건 틀림없죠? 그룹이 어떻고 하는 문제는 있지만요."

"적어도 지금으로서는 그렇습니다."

나카노와타리 교장이 대답했다.

"그럼 적어도 지금으로서는 집단 따돌림이 있었다고 딱 잘라 말할 수는 없겠군요?"

"그렇게 말할 수도 있죠."

"그 말씀은, 현재 상황에서 유서의 신빙성에 의문이 제기된다는 얘기 아닙니까? 이노우에 미치코 양이 아무 근거도 없이 다섯 명의 이름을 써놓았을 가능성도 부정할 수 없지요."

"무슨 말씀이신지는 이해합니다."

"섣불리 움직이면 위험하지 않겠습니까?"

"네?"

"유서를 부모에게 건네겠다고 하셨죠?"

"네. 어쩔 수 없는 일 아니겠습니까?"

"부모라면 자식의 유서를 백 퍼센트 믿을 겁니다. 당연하죠. 자기 딸이 쓴 유서니까요. 매스컴에 밝힐 수도 있겠죠. 하지만 이게 누명이라면요? 그러면 우리 아이들은 어떻게 되죠?"

"난리가 나겠죠."

"누가 봐도 명예훼손이에요. 우린 피해자가 되는 거고요."

"네……."

"그렇게 되면 학교가 책임을 물어야 하지 않겠습니까?"

"아니, 그건……."

교장이 눈에 띄게 당황하는 찰나, 료헤이가 내처 몰아쳤다.

"더 이상 소동을 키우지 않는 것이 좋지 않을까요? 이럴 때는 학교와 학부모가 서로 협력해야죠."

침묵을 지키던 교장은 잠시 후에 간신히 입을 열었다.

"죄송합니다. 잠시 회의를 가져야겠습니다. 저희끼리 판단하기는 좀 그래서요. 양해 부탁드립니다."

"주제넘게 말했다면 죄송합니다."

료헤이가 깍듯하게 말했다.

나카노와타리 교장은 하라다 선생에게 눈짓했고, 부모들에게 인사한 뒤 회의실을 나갔다. 하라다 선생도 도망치듯 교장의 뒤를 따랐다.

10

"훌륭하세요!" 준코는 저도 모르게 감탄사를 내뱉었다. "혹시 변호사세요?"

"아니요, 고등학교에서 아이들 가르칩니다."

"아, 선생님이시구나."

"네."

"그래서 이것저것 잘 아시는가 봐요."

"아닙니다."

정말 믿음직한 사람이다. 그에 비해 이 자리에 있지도 않은 남편이란 작자는…….

마사코도 료헤이 부부에게 부쩍 관심을 기울였다.

"혹시 사모님도 선생님이세요?"

"네, 맞아요."

말수 적은 다에코가 대답했다.

"역시 그렇구나. 선생님들끼리 결혼하시는 분들이 꽤 많네요."

"만나는 사람이 한정되어서 그런가 봅니다."

조금 쑥스러워하며 료헤이가 대답했다. 그때 준코가 흥분을 감추지 못하며 큰 소리로 말했다.

"그래서 운동화를 신으셨군요!"

"네?"

"왜 슬리퍼를 신지 않으셨나 했거든요."

"아."

"그런데 왜 선생님들은 운동화를 신죠?"

준코는 예전부터 신경 쓰였던 의문을 료헤이에게 털어놓았다. 료헤이는 이야기하기 편한 사람이었다.

"달려야 하니까요. 학생이 도망치면 쫓아가야 하고요."

마사코가 깜짝 놀라 물었다.

"여선생님도 그래요?"

이번에는 다에코가 대답했다.

"반대예요. 학생이 쫓아오면 도망쳐야 하죠."

"어머나."

마사코는 물론이고 다른 부모들도 조금 놀란 눈치였다. 학교가 언제부터 그런 곳이었는지. 지로가 교육 전문가인 료헤이에게 물었다.

"이럴 때에는 어떡하면 좋을까요? 부모 입장에서요."

료헤이는 갑자기 뭘 묻나 싶었는지 어리둥절해했다.

"그러니까 우리 애가 가해자로 의심받을 때 말입니다."

그렇군, 그런 뜻이지. 료헤이가 대답했다.

"아이를 믿어 주는 것이 가장 중요하지 않겠습니까?"

"믿어 준다?"

"부모는 마지막 보루니까요. 부모가 자신을 믿는다는 건 확실하게 아이들에게 전해집니다. 그런 부모 자식이라면 갖가지 힘겨운 상황들을 이겨 낼 수 있지 않겠어요?"

"그렇군요."

"집단 따돌림이 그렇게 흔한가요?"

준코가 조심조심 물었다.

"꽤 있죠."

료헤이가 대답했다.

"힘드시겠어요."

"아, 그렇겠지요. 저는 직접 겪은 적이 없어서."

"반을 맡고 계신가요?"

마사코가 놀란 목소리로 물었다.

"네."

"그 반에는 집단 따돌림이 없나요?"

"네."

"전혀요?"

"제 반에는 없습니다."

어느새 이 자리는 료헤이의 의견을 듣는 자리가 되어 있었다.

"역시 지도력 문제인가."

지로가 나긋하게 말했다.

"그렇지 않습니다."

마사코가 추가 질문을 했다.

"무슨 비결이라도 있나요?"

"글쎄요, 굳이 꼽자면 단호한 태도겠죠."

"애들을 거침없이 대한다는 말씀인가요?"

"쉽게 말하면 그렇죠."

"요즘은 체벌하면 안 되지 않아요?"

마사코가 떠보듯 물었지만 료헤이는 담담했다.

"네, 뭐, 그런 세상이니까요."

료헤이의 대답이 시원치 않았는지 마사코는 다에코에게로 화살을 돌렸다.

"사모님 학교는 어때요? 집단 따돌림 말이에요."

"우리는 꽤 있어요."

"사모님 반에도요?"

"네."

"공립인가요?"

"네."

"공립은 심각한 모양이네요."

'공립'이라는 것으로 묘하게 납득하는 마사코의 모습에 다에코는 입을 굳게 닫았다. 대신 료헤이가 대답했다.

"뭐, 저도 공립 고등학교 선생이지만, 교실 붕괴는 이제 공립이니 사립이니 하는 차원의 것이 아니지요."

"근데 이런 일이 생길 때마다 사정 청취란 걸 꼭 하나요?"

마사코가 다시 묻자 이번에는 다에코가 대답했다.

"해요."

"꺼림칙한 말이네요. 무슨 수사 드라마도 아니고."

"그렇죠."

"그걸로 사실 관계를 대부분 알 수 있습니까?"

지로는 거푸 질문을 하면서도 아무렇지 않은 모양이었다.

"아뇨, 대부분 알 수 없어요."

"왜죠?"

"애들은 진실을 말하지 않아요."

"네?"

지로는 무슨 소리인지 이해하지 못한 듯했다. 마사코도 그랬는지 다에코에게 물었다.

"선생님을 믿지 않는다는 말인가요?"

"그런 게 아니에요. 아니, 어떤 의미로는 그럴지도 모르겠네요."

"무슨 소리죠?"

다에코라는 여자는 역시 무능력한 교사인 걸까? 남편 료헤이가 논리 정연하게 해답을 제시하는 데 반해, 다에코는 아까부터 도통 이해가 되지 않는 소리만 했다. 마찬가지로 답답했는지, 다에코도 설명을 보탰다.

"자기가 괴롭혔다고 스스로 말하는 애들은 없어요."

"여러 애들 이야기를 들으면 발뺌할 수 없지 않아요?"

"요즘 집단 따돌림은 아주 교묘해요. 절대로 들키지 않게 하죠. 어쩌다 들켰다고 해도 입을 맞출 시간은 얼마든지 있어요."

"하지만 반 안에는 집단 따돌림에 개입하지 않은 아이도 있잖아요? 그 애들도 다 같이 입을 맞추나요?"

"네. 따돌리는 쪽이 되든지 따돌림당하는 쪽이 되든지 둘 중 하나예요. 자칫하면 자신이 표적이 되어 버리니까요."

"설마……."

마사코도 더 이상 말을 잇지 못했다. 이렇게 무서운 이야기가 있다니.

"그러니까 아무래도 결과적으로 반 애들 모두가 한 명을 괴롭히는 형태가 되죠."

초조해하며 줄곧 이야기를 듣던 미사오가 루이뷔통 가방에서 담배를 꺼내 불을 붙였다.

마사코가 눈치 빠르게 주의를 주었다.

"이봐요, 담배!"

"아, 죄송해요. 초조해져서 그만."

무의식중에 한 행동인가 보다. 이번에는 미사오도 순순히 사과했다. 하지만 마사코는 용납하지 않았다.

"담배랑 라이터요."

"네?"

마사코는 도전적으로 미사오에게 손을 내밀었다.

"담배랑 라이터, 제가 맡아 둬도 될까요?"

미사오에게는 마사코의 태도가 기묘하게 비쳤으리라.

"왜죠?"

"앞으로도 분명히 초조해질 거예요. 그러면 또 피우고 싶어지겠죠?"

마사코와 미사오가 서로 노려보았다. 끈기에 졌는지 결국 미사오가 라이터와 담배를 넘겨주었다.

"얘기가 끝나면 돌려 드릴게요."

"됐어요. 싸구려니까."

"아, 그래요."

마사코는 건네받은 담배와 라이터를 자기 핸드백에 넣었다.

11

"실례합니다."

도다 선생이 돌아왔다. 여전히 낯빛이 좋지 않았다. 레이라 엄마 미사오가 물었다.

"어떻던가요?"

"그냥 있어요. 레이라도, 다른 네 명도."

"그냥요?"

미사오는 '그냥'이라는 말이 마음에 걸렸다. 미사오만이 아니었다. 마사코도 그랬다.

"얌전히 있다는 말이죠?"

"네, 뭐……."

대답이 똑 부러지지 않았다. 지로가 말했다.

"그야 당연하죠. 사람이 하나 죽었는데."

지로가 그렇게 말하고 있을 때 준코는 회의실 구석에서 전화를 걸고 있었다. 통화 연결음이 멀고 작게 들렸다. 이윽고 음성 사서함으로 넘어가는 멘트가 흘러나왔고, 준코는 메시지를 남기지 않은 채 또다시 전화를 끊었다.

"아직도 연락이 안 돼요?"

마사코가 물었다.

"네, 그게요……."

"죄송합니다. 오래 기다리셨습니다."

준코가 대답할 새도 없이 나카노와타리 교장과 하라다 학년주임이 회의실로 돌아왔다. 회의실 안의 사람들은 모두 앉음새를 바로 하고, 교장의 말에 귀를 기울였다.

"지금 교감 선생님 이하 다른 선생님들과 긴급회의를 가졌습니다. 의논 끝에 유서는 공개하지 않기로 결정했습니다."

"현명한 조치이십니다."

료헤이는 자신의 의견이 받아들여진 것이 당연하다는 모습이었다. 욱하는 기분이 들었는지 하라다 학년주임이 덧붙였다.

"사실이 확인될 때까지 그러겠다는 겁니다."

"네, 물론 그렇겠죠."

료헤이는 기죽지 않았다. 마사코가 조용히 입을 열었다.

"하라다 선생님."

"네."

"미치코 양의 편지를 봐도 될까요?"

"왜 그러시죠?"

"미치코의 마음을 확실히 새겨 두고 싶어서요."

벌써 몇 번째인가. 하라다 선생은 또 뜻을 묻듯 나카노와타리 교장을 바라보았다. 교장이 고개를 끄덕이는 것을 확인하고, 안주머니에서 유서를 꺼내 마사코에게 건넸다.

"고마워요."

마사코는 편지를 정중히 받아들고, 회의실 구석으로 가서 조용히 유서를 펼쳤다. 료헤이가 짐짓 심각한 얼굴로 도다 선생에게 말을 붙였다.

"도다 선생님, 한 가지 여쭙고 싶은 것이 있는데요."

"어떤……?"

"미치코 양에게 거짓말하는 경향이 있지는 않았나요?"

"없었어요."

"선생님께 그랬다는 거겠죠?"

"제게도 그랬고 반 친구들에게도 거짓말은 하지 않았을 거예요."

"그럼 거짓말까지 하지는 않았더라도, 혹시 시선을 끌려고 특이한 행동을 하지는 않았나요?"

말투는 정중했지만 학년주임이 젊은 교사에게 이미 결정된 사안을 확인하는 투였다.

"무슨 말씀이 하고 싶으세요?"

그때였다.

"어머님!"

하라다 학년주임이 크게 소리쳤다. 이게 어찌 된 일인지! 마사코가 라이터로 유서에 불을 붙이고 있는 게 아닌가!

"미치코, 네 아픔 단단히 새겼다."

"무슨 짓이에요!"

도다 선생이 달려갔을 때에는 유서가 이미 재로 변한 뒤였다. 재를 주워 모으는 것 말고는 다른 도리가 없다. 하라다 선생이 마사코에게 다가섰다.

"미치코 양 부모님이 알면 어쩌시려고요?"

"여기는 세이코여중이에요. 흔해 빠진 학교가 아니라고요. 세이코에서 집단 따돌림이라니, 말이 되나요?"

마사코가 완전히 정색하고 나서자 하라다 선생은 도리어 당황하는 모습이었다.

"그건……."

"안 되겠죠? 당연해요. 잘 아시잖아요."

"아니, 아무리 그래도……."

"따지고 보면 하라다 선생님도 공범이에요."

"네?"

"막으려면 막을 수 있었어요. 이런 편지, 없는 게 낫다고 생각하셨죠?"

"억지이십니다."

마사코는 여태껏 학교 쪽을 논리적으로 설득해 온 료헤이에게 의견을 구했다.

"미도리 아버님은 어떻게 생각하세요?"

료헤이는 잠시 생각하더니 입을 열었다.

"……하는 수 없지 않습니까. 태워 버렸으니, 어쩔 수 없지요."

"그게 무슨 뜻이죠?"

하라다 선생은 료헤이의 말이 이해되지 않는 듯했다.

"없던 일로 해야 되지 않겠습니까?"

"어떻게 그럽니까!"

"나도 이건 좀 그렇다고 생각해요. 하지만 달리 방도가 없지 않습니까? 실제 물건이, 이제 없는데요."

준코도 조그맣게 "맞아요." 하고 중얼거렸다. 마음속의 목소리가 모두에게 들렸는지는 알 수 없었다. 하지만 다들 태워 버렸으니 어쩔 수 없다고 생각하는 듯했다. 료헤이가 말을 이었다.

"유서가 있었는데 태워 버렸다? 학교 측 입장도 아주 난처해지지 않을까요?"

"그야 그렇긴 합니다만……."

하지만 하라다 선생은 쉽게 납득하지 못했다. 료헤이가 나카노와타리 교장에게 물었다.

"유서에 대해서 우리 말고 또 누가 알고 있죠?"

"교감 선생님과 2학년 선생님 여섯 분이 알고 있습니다."

"그 정도라면 어떻게든 되지 않겠습니까?"

제아무리 교장이라도 곧바로 대답하지는 못했다.

"학교를 위해서예요."

료헤이의 굳히기에 교장은 끝내 고개를 끄덕였다.

"……네. 알겠습니다."

료헤이는 사람들 쪽으로 고개를 돌렸다.

"여기서 다 같이 단결하기로 하죠. 유서는 처음부터 없었습니다. 다들 아시겠죠?"

회의실 공기가 한 방향으로 흘렀다. 그러나 도다 선생 쪽은 아니었다.

"……미치코가 제게 보낸 마지막 편지예요."

료헤이는 흔들림이 없었다.

"선생님 마음은 압니다. 하지만 포기하시는 게 여러모로 좋아요."

"그래도…… 마지막 편지예요."

도다 선생은 한때는 유서였던 재를 바라보며 같은 말을 되풀이했다.

"그건 이제 그냥 재예요."

그때 회의실의 내선전화가 울렸다. 학년주임이 달려가서 수화기를 들었다.

"여보세요. 네, 진로 상담실입니다. 네? 도다 선생님이요? 네, 계십니다. 이시이 가나코 학생이요? ……지금 와 있습니까? 아, 잠깐만 기다리라고 하세요. 바로 가죠."

전화를 끊는 학년주임에게 교장이 물었다.

"무슨 일입니까?"

"2학년 1반의 이시이 가나코 학생 어머님께서 가나코 학생과 함께 오셨답니다. 지금 직원 현관에 있답니다. 도다 선생님을 만나고 싶다는군요."

도다 선생이 알겠다며 일어났다. 여전히 조금 휘청거렸다.

"저도 가겠습니다."

학년주임이 말했다.

"수고해 주세요."

학년주임은 긴장한 기색이 역력한 교장에게 "금방 돌아오겠습니다."라는 말을 남기고 도다 선생과 회의실을 나섰다. 이런 시간에 무슨 일일까? 사건과 관계있는 일일까? 없다면 민폐도 이런 민폐가 없을 것이고, 있다면 그건……. 그때 지로가 침묵을 깼다.

"왜 왔을까요? 이 늦은 시간에?"

마사코도 거들었다.

"다른 반 애가 뭐 하러 왔을까요?"

교장이라고 알 턱이 없었다.

"저도 가서 상황을 좀 보고 오겠습니다."

나카노와타리 교장은 도망치듯 회의실을 빠져나갔다.

12

회의실에는 보호자들만 남겨졌다. 준코만이 아니라, 다들 불안해 보였다. 준코는 자리 분위기를 조금이나마 바꾸고 싶었다.

"그러고 보니 우리 인사도 하지 않았네요."

"그렇군요."

지로가 맞장구쳤다.

"그럼 이참에 인사라도 나눌까요?"

"아니, 여기서 그런……."

마사코가 다에코의 말을 가로막고, 당연히 자기부터 해야 한다는 듯이 자기소개를 시작했다.

"저는 모리사키 시노의 엄마예요. 동창회 회장을 맡고 있죠."

"모리사키 시노의 아빠입니다."

지로가 이어 말했다. 이럴 때는 분위기를 돋워야 한다는 생각에 준코가 말을 붙였다.

"시노가 농구부 주장이죠?"

"네."

"에이스에 활약이 대단하다고 들었어요."

"별거 아니에요."

당연하다는 듯한 마사코의 얼굴에 슬며시 떠오른 미소를 준코는 놓치지 않았다. 지금까지의 흐름을 생각하면 다음은 료헤이의 차례일 터.

"하세베 미도리의 아버지입니다."

자기소개나 할 때가 아니라는 반응이었던 다에코가 남편 료헤이의 뒤를 이었다.

"……하세베 미도리의 엄마예요."

"미도리가 전교 1등이라죠?"

이때도 준코는 딸에게 들은 정보로 끼어들었다.

"글쎄요."

"우리 애가 미도리를 이기는 게 꿈이라고 하던걸요."

"그런가요."

대놓고 좋아하지는 않았지만, 그런 말을 듣고 기쁘지 않은 부모는 없다. 준코는 이어서 미사오를 바라보았다.

"그럼……."

"야시마 레이라의 엄마예요."

"레이라라면 여름에 전학 온 아이죠?"

"맞아요."

"아이리가 유학 다녀온 애랑 친구가 됐다면서 엄청 들떴던 게 기억나요. 영어를 우리말처럼 한다면서요?"

"그런 이야기는 됐어요."

레이라 엄마는 아이가 영어를 잘한다는 칭찬이 기쁘지 않은 모양이었다.

"그리고……."

준코는 이제까지 몇 마디 하지 않은 노부부를 바라보았다.

"헨미 노도카의 할애비입니다."

"헨미 노도카의 할머니예요."

그랬구나. 부모가 아니라 조부모였어. 이렇게 해서 일단 누가 누구의 가족인지 파악할 수 있었다.

"안녕하세요. 저는 시바타 아이리의 엄마예요. 지금 남편이랑 연락이 안 돼서 폐를 끼치고 있네요."

마사코가 틈을 주지 않고 묻는다.

"남편분은 어디 다니세요?"

"……유니코요."

사실 이런 이야기는 묻지 않았으면 했다. 그런데 지로까지 끼어들었다.

"유니코 홀딩스요?"

"네."

"지난주 '닛케이 새틀라이트'에서 특집으로 다뤘죠."

"그런가요."

"거긴 앞으로도 탄탄대로일 겁니다. 그리 단호하게 경영 개혁을 하다니, 제법이에요. 정말 훌륭해요."

"……그런가요."

"거참 이상하네요."

지로의 말에 준코는 그대로 얼어붙었다.

"뭐가요?"

"아이들이 같은 반인데 우리는 이제야 처음 본다는 게 이상하지 않고요."

무슨 일에든 고자세인 마사코가 남편의 말을 바로잡았다.

"처음은 아니야. 학부모 모임이나 동창회도 꽤 있었으니까. 그렇죠?"

화제가 바뀌어서 다행이다. 준코는 안도하면서 마사코를 보며 대답했다.

"하지만 얼굴을 마주하는 게 다니까요."

"대부분 그렇죠."

"하기야 이웃에 사는 것도 아니고."

지로도 합세했다.

"도쿄 여기저기서 다니잖아요, 세이코는."

마사코가 명쾌하게 정리했다.

"요즘에는 사이타마나 지바(둘 다 도쿄 인근 도시)에서도 꽤 많이 다닌대요."

"그래요?"

마사코의 수다는 그칠 줄을 몰랐다. 준코는 이따금 맞장구를 쳐주는 것이 고작이었다.

"세이코 학생의 3할이 지바, 사이타마, 가나가와(도쿄 인근 도시) 초등학교 출신이에요. 그중 절반 정도가 집에서 통학하고요."

"그렇군요."

"우리 때는 이 근처 아이들이 대부분이었는데. 무코지마나 아라카와(둘 다 도쿄 외곽 지역) 쪽에서 다니는 애들은 주눅이 들어 있었죠."

"아, 졸업생이셨군요. 동창회장님이니 당연한가요?"

"혹시 준코 어머님도?"

"42기예요."

"나는 34기인데."

"어머나, 선배님, 실례했습니다."

"아니야, 뭘. 우리 학교는 졸업생 출신 부모가 꽤 많잖아."

"그렇죠. 아무래도 우리 애도 세이코에 보내고 싶다고 생각하게 마련이죠."

"그야 그렇지."

자신의 후배란 것을 알자 마사코는 준코에게 한층 친근하게 말을 붙였다.

"미치코 엄마는 어떤 사람이었는지 기억하니? 아마 입학식에 왔을 텐데."

"……글쎄요, 잘 모르겠네요."

그랬다. 그들은 지금 동창회에 와 있는 것이 아니었다. 준코는 마음을 다잡았다.

"아이리가 1학년 때 2반이었지?"

"네."

"미치코랑 같은 반이었지 않아?"

"그랬죠. 근데 기억이 잘 안 나네요."

"그렇구나. 누구 아는 사람 있나요?"

마사코는 그제야 다른 사람들에게 시선을 돌렸다. 모두 기억하지 못하는지 애매하게 고개를 가로저을 뿐이었다. 독불장군 마사코는 계속 혼자 떠들어 댔다.

"사실은 미치코네 엄마, 안 좋은 소문이 있어."

결국 준코가 또 상대하게 되었다.

"어떤 소문이요?"

"슈퍼에서 파트타임으로 일한대."

"파트타임이요?"

"그래. 그것도 미타카에 있는 슈퍼마켓에서."

"어머나……"

그 이야기였나. 준코는 침묵했다. 료헤이가 끼어들었다.

"그 학생 집이 여기서 가깝다고 하지 않았나요?"

"일부러 전철까지 타고 가서 일하는 거예요. 가까운 곳에서 일하면 들킬까 봐."

마사코가 으스대며 설명했다.

"아, 그렇군요."

"게다가 상품 반입 담당이라 새벽같이 간대요. 자기는 어떻게 생각해?"

"뭐를 말씀이세요?"

준코는 어떻게 대답해야 할지 몰랐다. 마사코는 준코를 다그쳤다.

"뭐냐니? 이게 사실이라니, 믿겨?"

"아……."

"세이코 학부모가 슈퍼에서 파트타임이라니."

아내의 말에 맞장구치기 곤란해하는 준코를 보다 못했는지 지로가 대답했다.

"그건 좀 그러네."

"직업에 귀천은 없다지만……." 마사코는 미치코 엄마에 대한 비판을 그치지 않았다. "아빠도 없대고."

"없으면 뭐 어때요?"

여자 혼자 레이라를 기르는 미사오가 단호히 반대하고 나섰다. 료헤이가 물었다.

"따님께 들은 이야기인가요?"

"아뇨, 동창회에는 사람이 많이 모이니까요."

준코는 놀랐다. 동창회는 역시 무시무시하구나.

"동창회에서 미치코도 아르바이트하는 게 아니냐는 이야기가 나왔어요."

아르바이트 이야기는 준코도 모르는 일이었다.

"믿기세요? 세이코 학생이 아르바이트라니. 이게 있을 수 있는 일이에요?"

"교칙 위반이죠."

준코는 큰 무리 없이 이야기했다.

"그게 문제가 아니야."

왜 아르바이트 정도도 받아들이질 못하는지. 세이코 학원을 더럽혔다는 듯 흥분하는 마사코의 태도에는 료헤이마저 압도당했다.

"……미도리는 그런 애와도 사이가 좋았군요."

"그런 거죠."

"죄송합니다. 학교 얘기를 하나도 해주지 않는 터라. 친구에 대해서도 아무것도 몰랐어요."

아버지란 사람들은 다들 이럴까? 조금 전까지의 기세는 다 어디로 갔는지 료헤이는 힘이 쭉 빠져 보였다.

"아, 요즘 애들이 다 그렇죠, 뭐."

보다 못한 지로가 편을 들었다. 지로 역시 딸에게 아무 얘기도 듣지 못했으리라.

13

"죄송합니다. 오래 기다리셨죠."

나카노와타리 교장, 하라다 선생과 도다 선생, 세 사람이 긴장한 얼굴로 돌아왔다.

"수고하셨습니다."

지로의 넉살 좋은 성격은 아마 집에서도 숨구멍이 되리라. 하라다 선생이 보호자들을 둘러보고 말문을 열었다.

"2학년 1반 이시이 가나코 양이 어머니와 학교에 왔습니다."

그건 다들 알고 있었다. 지로가 나섰다.

"무슨 일이었나요?"

"오늘 저녁 5시쯤, 이시이 가나코 양 앞으로 편지가 왔다고 합니다. 보낸 사람은 이노우에 미치코. 죽기 전에 보낸 편지로 보입니다."

마사코의 낯빛이 달라졌다.

"설마……?"

"제가 맡았습니다."

하라다는 안주머니에서 편지를 꺼내 보이고 마사코를 바라보았다.

"여보."

지로가 하라다 선생의 시선을 눈치채고 아내를 쿡 찔렀다. 마사코는 말없이 라이터를 지로에게 넘겨주었다. 그것을 확인한 하

하라다 선생이 천천히 편지를 읽기 시작했다.

"가나코. 같이 밥 먹어 줘서 고마워.

도시락 안에 진흙이 들어 있었을 때, 밥을 나눠 줘서 고마워.

집에 가는 길에 승강구에서 기다려 줘서 고마워. 신발 같이 찾아 줘서 고마워.

새로 산 체육복이 없어졌을 때, 가사 실습실 음식물 쓰레기 양동이에서 찾았지.

썩은 냄새가 풀풀 났는데 운동장 수돗가에서 같이 빨아 줘서 엄청 기뻤어.

인사도 제대로 못 해서 미안해."

하라다 선생은 편지에서 한 번 고개를 들었다. 그러나 편지는 거기서 끝난 게 아니었다. 하라다 선생은 다시 한 번 편지로 시선을 돌리더니 천천히 나머지 내용을 읽었다.

"2학년 3반. 시노, 미도리, 노도카, 레이라, 아이리."

그때 누구도 상상하지 못한 일이 일어났다. 마사코가 하라다 선생 쪽으로 맹렬하게 돌진해 편지를 빼앗더니 쫙쫙 찢었다.

"이봐요!"

하라다 선생이 저항했다.

"마사코!"

지로도 말리려고 끼어들었다.

비명 같은 소리를 지르며 도다 선생이 편지 조각을 주워 모으려 했다. 하지만 마사코도 지지 않고 조각을 주워 차례로 입에 넣었다.

"마사코, 뱉어! 뱉으라고!"

지로가 아내를 말렸다. 싫다고 하는지 뭐라고 하는지는 분명치 않았다. 아무튼 마사코는 계속 편지를 먹었다. 마사코가 내는 기묘한 소리와 도다의 비명과 "뱉어!" "모리사키 씨!" 하는 외침이 뒤섞였다. 도대체 이게 다 무슨 일일까? 마사코가 입속에 든 것을 '꿀꺽' 하고 삼켰다. 그러고는 큰일 하나를 치렀다는 듯이 탁자 위에 놓인 찻잔에 손을 뻗더니 차를 꿀꺽꿀꺽 다 마셨다.

다들 얼빠진 얼굴이었다. 바닥에 주저앉아 움직이지 않는 도다 선생을 하라다 선생이 간신히 일으켜 의자에 앉혔다.

회의실이 정적에 휩싸였다.

14

"하라다 선생님."

료헤이가 정적을 깼다.

"네."

"가나코 양은 어떤 상태였나요?"

"흥분해 있었습니다. 울며불며하더군요."

"어머니는 어땠죠?"

"침착하셨습니다."

"이번 일에 관해 두 사람에게 뭔가 당부하신 게 있나요?"

"일단 이 일에 관해서는 부디 조용히 있어 주십사 부탁드렸습니다."

"……하는 수 없죠. ……이번 일도 없었던 일로 해야겠군요."

"어떻게 그럽니까!"

"유서가 있었다…… 그런데 먹어 버렸다. 그리 되면 학교 입장이 상당히 난처해지지 않을까요?"

"그거야……."

그 대목에서 료헤이는 나카노와타리 교장에게 물었다.

"이 유서에 대해 아는 사람이 우리 말고 또 있나요?"

"이시이 가나코 양과 어머니만 알고 계십니다."

"이렇게 되면 한 장이든 두 장이든 달라질 것 없습니다."

"……알겠습니다."

이번에는 교장의 결단이 빨랐다. 료헤이는 회의실 안의 모두를 매섭게 둘러보았다.

"전과 다를 바 없습니다. 유서는 처음부터 없었습니다. 다들 아셨죠?"

고개를 끄덕이는 사람도 있었고, 끄덕이지 않는 사람도 있었다. 다들 이것이 옳은 선택인지 확신하지 못한 채 하나같이 입을 다물었다.

하라다 선생이 료헤이에게 말했다.

"죄송한데요."

"뭡니까?"

"편지 내용에 대해서 일단 아이들에게 확인을 좀 하고 싶습니다."

"그러니까 선생님……."

"압니다. 아이들에게는 유서의 존재를 말하지 않겠습니다. 다른 쪽에서 얻은 정보라고 해야죠."

"배려해 주셔서 감사합니다."

"그럼 교장 선생님, 그렇게 하겠습니다."

하라다 선생은 모두에게 인사하고 회의실을 나갔다. 교장이 하라다 선생의 등에 대고 말했다.

"수고해 주세요."

보호자들은 부스럭거리며 저마다 처음에 앉았던 자리로 돌아갔다.

"그건 그렇고, 애가 아주 약았네요. 유서를 두 통이나 보낸 걸 봐요. 상황을 즐기는 거예요."

마사코의 분별없는 발언에 말없는 다에코마저 참다못해 입을 열었다.

"그러기야 하겠어요?"

"말이 되지 않아요? 성격이 아주 비뚤어졌어요."

마사코도 굽히지 않았다. 그러자 도다 선생이 일어나서 마사코를 매섭게 쏘아보았다.

"어머, 뭐 불만이라도 있어요?"

도다 선생이 떨리는 목소리로 반론을 폈다.

"……미치코는 필사적으로 호소한 거예요."

마사코는 개의치 않고 선생을 보며 물었다.

"선생님은 그걸 믿으세요?"

"뭘 말이죠?"

"도시락 안에 진흙을 넣고, 신발을 숨기고, 체육복을 음식물 쓰레기통에 버리고. 정말로 그런 일이 있었나요?"

"거짓말할 아이가 아니었어요."

"그럼 선생님. 진짜였다고 치죠. 그런데도 선생님은 반에서 그런 일이 일어나는 줄 전혀 모르셨군요?"

"……네."

"하나도 몰랐단 말이에요?"

"그룹에서 고립된 건 알았어요."

"변명은 듣고 싶지 않네요."

마사코가 쓴 '변명'이란 말이 도다 선생의 가슴에 박혔다.

"아무리 신임이라도 정도가 있죠. 교사로서 실격이에요. 애들이 가엾네요."

입을 다문 도다 선생의 얼굴이 점점 창백해졌다. 보다 못한 나카노와타리 교장이 도다 선생을 편들었다.

"어머님, 도다 선생님도 열심히 하고 계십니다."

"월급을 받았으면 마땅히 열심히 해야죠. 당연한 것 아닌가요?"

"아무리 그래도 한계가 있습니다. 교사도 사람이니까요."

"당연한 소리만 하시네요. 저도 사람이에요."

"도다 선생님은 젊습니다. 경험도 부족합니다. 하지만 젊기 때문에 학생 입장에 서서 생각할 수 있어요. 도다 선생님은 수업이 끝나고 늦게까지 교실에 남아서 학생들 이야기를 들어 주었어요. 학생들도 역시 상담하기 쉬울 테지요. 평소에 말수가 적고 곧잘 자기만의 세계에 틀어박히던 아이들이 얼마나 도움을 받고 있는지 모릅니다."

"하지만 미치코를 구하진 못했잖아요."

도다 선생이 입술을 깨물었다. 마사코는 도다 선생을 철저하게 몰아붙였다.

"애들 얘기를 들었다는데 정말로 들은 건가요? 제대로 들었으면 사정을 알아야 정상 아니에요? 아무것도 눈치채지 못했다니 말도 안 돼요. 이건 책임 문제라고요. 선생님께서 좀더 똑 부러지게 애들을 대했다면 일이 이렇게 됐을까요?"

도다 선생이 도망치듯 회의실을 뛰쳐나갔다.

"정말이지……."

마사코는 조용히 혀를 찼다. 나카노와타리 교장은 도다 선생이 나간 쪽을 걱정스럽게 바라보고 말을 이었다.

"아시다시피 도다 선생님이 맨 처음 미치코 양을 발견한 사람입니다. 인공호흡도 선생님이 하셨죠. 충격이 이만저만 아니었던 모양입니다. 지금 저러고 있지만 상당히 긴장하고 있을 겁니다. 걱정입니다."

"걱정?"

마사코는 그 단어의 뜻을 모르는 사람처럼 야단스럽게 되물었다.

"네. 걱정입니다."

교장의 대답에 덤벼든 사람은 마사코가 아니라 레이라 엄마 미사오였다.

"웃기지 마세요. 남의 아이를 가둬 놓고 잘도 그런 소리를 하시네요."

"아니, 어머니 마음은 이해하지만……."

15

하라다 학년주임이 회의실로 돌아왔다.

"오래 기다리셨습니다."

이번에도 료헤이가 주도권을 잡았다.

"어땠습니까?"

"네. 다섯 명 모두 전혀 모른다는군요."

"생각했던 대로군요."

"네."

"유서 내용에 적혀 있던 내용은 사실이 아니었던 거예요."

"잠깐만 기다려 주세요."

한 마디도 하지 않던 시게노부가 이야기에 끼어들었다.

"노도카를 만날 수 없을까요?"

하라다 선생이 흠칫 놀라며 대답했다.

"아니, 그러니까 그건 좀."

"당장 만나고 싶습니다."

"여보."

시게노부의 아내 도모코도 놀라서 말렸다.

"당신은 가만히 있어."

"죄송합니다. 조금 전에 레이라 어머님 부탁도 거절했던 터라."

하라다 선생은 연장자를 향한 예의를 잃지 않고 정중하게 거절했다.

"맞아요."

조금 전에 면회를 거절당한 미사오 본인도 시게노부의 부탁에 꽤 놀란 듯했다. 그때 다시 내선 전화가 울렸다. 나카노와타리 교장이 전화를 받았다.

"……네? 그게 누구죠? 아, 네. ……아, 알겠습니다. 일단 가겠습니다."

"무슨 일입니까?"

나카노와타리 교장이 전화를 끊자마자 하라다 학년주임이 물었다.

"직원 현관에 수상한 사람이 찾아왔다는군요."

료헤이도 듣고 지나칠 수 없었던 모양이다.

"수상한 사람이요?"

"잠시 실례하겠습니다. 금방 돌아오죠."

나카노와타리 교장은 료헤이를 무시하고 회의실을 나갔다.

"저도 가겠습니다."

하라다 학년주임도 그렇게 말하며 뒤쫓았다.

"정말 조용해질 틈이 없군."

지로가 크게 기지개를 켰다. 마사코가 남편에게 말했다.

"근처 양아치가 장난치러 온 거 아닌가? 방송국 카메라, 아직 있지?"

준코가 이상하다 싶어 대꾸했다.

"제가 올 때는 없었어요."

"아, 그래."

조용히 문이 열리고 도다 선생이 들어왔다.

"실례합니다."

"어떻던가요?"

미사오가 물었다.

"그냥 있어요."

도다 선생이 표정 없이 대답했다.

"그냥 있다뇨?"

"아이들, 그냥 있어요."

"그야 싱글벙글하고 있을 수는 없잖아요?"

마사코가 놀리듯 말했다.

"……네."

도다 선생이 대답을 흐렸다. 다에코가 걱정스레 물었다.

"선생님, 괜찮으세요?"

"무슨 말씀이세요. 저는 끄떡없어요."

도다 선생이 다에코를 향해 미소 지었다. 하지만 그 미소로 인해 회의실에 있는 사람 모두가 선생의 상태가 심상치 않음을 깨닫게 되었다. 다들 선생에게 정신이 팔려 있는 사이, 화려한 금발을 한 청년이 회의실 안으로 들어섰다. 료헤이가 뒤늦게 놀라서 따져 물었다.

"자네 뭐야?"

쿵쿵 소리를 내며 하라다 선생이 회의실로 뛰어 들어왔다.

"이봐, 안 된다고 하지 않았나!"

"금방 끝난다니까요!"

"어서 여기서 나가게!"

"잠깐이면 됩니다. 얘기하게 해주세요."

"말을 듣지 않으면 경찰을 부르겠네!"

하라다 선생과 청년의 입씨름이 끝나지 않자, 료헤이가 끼어들었다.

"자네 누군가?"

"도쿄신문 보급소 소장인 엔도 도루라고 합니다."

엔도라고 밝힌 청년은 겉모습과 달리 제법 예의 바르게 말했다. 료헤이는 다소 뜻밖인 모양이었다.

"신문?"

"미치코는 우리 보급소 아르바이트생이었습니다."

"우리 학생이 아르바이트를 했다고요?"

놀란 사람은 하라다 선생이었다. 그러나 엔도는 선생이 놀라는 것이 오히려 놀라운 모양이었다.

"네. 학생이 신문 배달 하는 게 뭐 문제 있나요? 신문 배달, 건전하지 않습니까?"

엔도는 한 사람 한 사람을 노려보았다. 모두 한 마디도 하지 않았다.

"선생님들입니까? ……아니군요? ……그럼 현관에 늘어선 신발들 주인이겠네요?"

"무슨 말이 하고 싶은 건가?"

지로가 따졌다.

"이 편지가 오늘 저녁에 도착했습니다."

엔도는 주머니에서 편지를 꺼내 읽기 시작했다. 슬픔에 가득 찬 목소리로.

"점장님, 늘 상냥하게 대해 주셔서 고맙습니다. 지각했을 때도 화내지 않아 주셔서 고맙습니다. 아르바이트비 가불해 주셔서 고맙습니다. ……아마도 다들 무슨 사정이 있었을 거예요. 이야기 들어 주셔서 고맙습니다."

잠시 침묵이 흘렀다. 그리고, 다시 천천히 읽기 시작한 편지 끝부분에는 역시나 그것이 있었다.

"2학년 3반. 시노, 미도리, 노도카, 레이라, 아이리."

엔도는 회의실 안에 있는 사람들을 매섭게 노려보았다.

"아하, 역시 그랬어. 혹시나 했더니 역시나였군?"

"뭐예요?"

미사오도 같이 노려보았다.

"댁들 자식이지? 미치코를 죽인 애들이?"

엔도는 굽히지 않고 미사오를 쏘아봤다. 마사코가 타이르듯 끼어들었다.

"이봐, 왜 그랬는지는 모르겠지만 미치코는 자기 멋대로 죽었어. 피해를 입은 사람은 우리라고."

그 말이 엔도의 분노에 기름을 부었다.

"당신들, 당신네 딸이 무슨 짓을 했는지 알아?"

"우리 애는 관계없어요."

마사코가 새침하게 대꾸했다.

"……날마다 돈을 뜯어냈어. 처음에는 백 엔, 2백 엔이었는데 얼마 안 있어 천 엔, 2천 엔이 됐어. 미치코는 거절했지. 우리 집은 가난해서 줄 수가 없다고. 그랬더니 아르바이트하는 거 안다고. 돈 내놓지 않으면 학교에 고자질하겠다고 협박했다더군."

"말도 안 돼……."

말을 잇지 못하는 마사코를 대신해 하라다 선생이 물었다.

"그 얘기, 미치코 양한테 들었습니까?"

"그래."

"사실인가요?"

"부탁이니 제발 말하지 말아 달랬어. 미치코가 그랬다고. 엄마한테, 학교에 말하지 말아 달라고. 그래서 가만히 있었지. 세상에 이렇게 나쁜 애들이 있구나, 속이 뒤집어졌지만 꾹 누르고 가만히 있었어."

흘려들을 수 없었는지 지로가 목소리를 높였다.

"나가! 나가지 않으면 정말로 경찰을 부르겠어!"

그러나 엔도는 지로가 하는 말에는 신경도 쓰지 않고 이야기를 계속했다.

"그거 알아? 신문 배달만 한 게 아니었어."

"뭐요?"

"그저께 미치코 상태가 너무 이상해서 물어봤어. 그 앤 아무 일도 없다고 고집을 부렸지만, 차분히 달랬더니 간신히 이야기를 꺼냈지."

회의실을 가득 채운 긴장감을 뚫고 마사코가 간신히 물었다.

"그 애가…… 뭐라던가요?"

"……미치코한테 원조 교제를 시켰어. 당신네 딸들이!"

"네?"

"원조 교제! 원조 교제 몰라? 돈을 못 벌면 원조 교제라도 하라고 해서 싫다고 했더니, 댁들 딸들이 무슨 짓을 했는지 알아? 방과 후에 화장실로 끌고 가서 미치코 옷을 벗기고 사진을 찍었어. '이 사진 올리는 거 싫으면 시키는 대로 해.' 하면서."

"말도 안 되는 소리!"

지로의 목소리가 커졌다. 그러나 비통한 표정의 엔도는 이야기를 멈추지 않았다.

"어제 쳐들어왔으면 이렇게 되진 않았을 거야. 미치코는 죽지 않았겠지. 미치코가 비밀로 해달라고 해서……. 울면서 부탁했어. 부탁이니까 아무한테도 말하지 말아 달라고. 시키는 대로 한 자기가 잘못이라고……."

회의실 안은 쥐 죽은 듯 고요했다. 엔도는 한 사람 한 사람의 얼굴을 노려보며 말을 이었다.

"당신들도 사실은 알고 있었지? 당신네 딸들 요즘 들어 갑자기 씀씀이가 헤퍼지지 않았어? 모르는 새에 명품 백이며 화장품이며 가지고 있지 않았어?"

"그런 일 없었어요!"

마사코가 득달같이 외쳤다.

"딸 휴대전화 뒤져 봐. 벌거벗은 미치코 사진이 남아 있을걸. 부모라면 자기 딸 휴대전화쯤은 체크하잖아!"

엔도는 휴대전화를 꺼내더니 회의실에 있는 부모들 얼굴에 대기화면을 들이밀었다.

"봐, 얘가 미치코야. 얼굴에 여드름이 가득해서, 늘 클리어라실

(여드름 치료제)을 발랐어. 말끝마다 자기는 못난이랬지. '바보야, 중학생 주제에 그런 소리 하지 마. 조만간 너도 깜짝 놀랄 정도로 엄청 예뻐질 거야.' '와, 진짜요?' '진짜지. 예뻐지면 데이트 한번 해줘야 된다.' 그렇게 말했더니 생긋 웃었어. 뭐, 엄청 귀여운 얼굴은 아냐. 그래도 나름대로 귀여운 구석이 있었어. 자, 봐. 비쩍 말라서 가슴도 납작하고, 키도 조그맣고, 팔은 성냥개비처럼 가늘었어. ……너희 딸들이 그런 미치코를 홀딱 벗겨서 사진을 찍었어. 밤마다 모르는 아저씨 품에 그 앨 안겼다고. 그게 중학생이 할 짓이야? 사람이 사람한테 할 짓이야? 그러고도 인간이라고 할 수 있느냐고!"

단숨에 속내를 끄집어낸 엔도는 갑자기 입을 다물었다. 그러고는 부모들을 휙 둘러보더니 조용히 곱씹듯이 말했다.

"오늘은 운이 좋았네요. 소원을 이뤘습니다. 줄곧 궁금했거든요. 걔들 부모는 어떻게 생겨 먹었을까."

엔도는 다시 한 번 부모들을 노려보았다. 그리고 휴대전화 화면을 앞으로 쭉 내밀었다.

"어서 사과해. 미치코한테 사과해! 어서!"

하라다 선생이 "이봐······" 하고 말을 붙이려 했지만, 엔도 귀에는 들리지 않는 모양이었다.

"사과해!"

엔도가 다시 외쳤을 때, 도다 선생이 휘청거리며 앞으로 걸어 나왔다.

"용서해 주세요! 다 제 잘못이에요. 용서해 주세요."

부모들은 아무도 움직이지 않았다. 그때 나이 든 노인이, 헨미 시게노부가 일어났다.

"선생님은 잘못하지 않았습니다."

"여보."

아내가 말리는 소리도 듣지 않고 시게노부는 천천히 고개를 숙였다.

"죄송합니다."

엔도는 한동안 시게노부를 바라보았다. 이번에도 다른 부모들은 누구 한 사람 움직이지 않았다. 잠시 모두의 얼굴을 둘러보던 엔도는 천천히 휴대전화를 든 손을 내렸다.

"잘 들어. 너희 딸들한테 똑똑히 가르쳐. 너는 인간으로서 하면 안 되는 짓을 했다. 그걸 알려 주라고. 사람을 죽인 그 죄, 평생 짊어지고들 살라고. 알아들었어?"

그렇게 말한 엔도는 하라다 선생 앞으로 걸어가서 깍듯하게 고개를 숙였다.

"감사합니다."

"괜찮으시다면 좀더 이야기를 듣고 싶은데요."

엔도의 예의 바른 태도에 하라다 선생도 깍듯하게 물었다.

"하고 싶은 말은 다 했으니 이제 됐습니다."

엔도는 하라다 선생에게 유서를 건네고 모두를 향해 "실례했습니다."라고 인사한 뒤 회의실을 빠져나갔다.

16

시노의 아빠 지로가 내뱉었다.

"이런 실례가 어디 있어? 정말 불쾌하군. 어떻게 저런 녀석을 학교에 들일 수 있지? 주먹이라도 날려 주려다 겨우 참았네. 그렇잖아. 요즘 중학생이 제 휴대전화를 부모한테 보여 주겠어? 바보가 아닌 이상. 안 그래?"

그러나 지로의 눈빛에는 자신감이 없었다. 마사코가 맞장구쳐 주기를 바랐겠지만, 마사코는 지로를 무시했다.

"하라다 선생님! 설마 지금 얘기를 그대로 받아들이시는 건 아니겠죠?"

마사코가 물었지만 하라다 선생은 대답 대신 시게노부에게 물었다.

"노도카 할아버님, 좀 전에 엔도 씨에게 사과하셨죠? ……왜 그러셨어요?"

시게노부가 대답하기 전에 료헤이가 재빨리 끼어들었다.

"뭐, 노도카 할아버님 심정도 이해됩니다. 그런 말을 들으면 마음이 흔들리고도 남죠. 안 그렇습니까?"

"아닙니다." 시게노부가 조용히 부정했다. "제 집사람이 노도카 휴대전화를 봤습니다."

"정말입니까?"

료헤이와 지로도 놀란 눈치였다. 아무리 보아도 노부인이 휴대전화를 잘 다룰 것처럼은 보이지 않았던 것이다. 시게노부의 아내 도모코는 모두의 생각을 읽었는지 못 읽었는지 쭈뼛쭈뼛 대답했다.

"......탁자 위에 아무렇게나 놔뒀더라고요."

준코 또한 제 어머니를 생각하면 사용법을 모를 것 같아, 저도 모르게 묻고 말았다.

"아세요? 그...... 다루는 법이요."

"네, 대충요."

하라다 선생만은 사건의 본질을 알고 싶어 했다.

"그래서 어땠습니까?"

도모코는 대답하지 않았다. 답답한 침묵이었다.

"이분들께 말씀드리지."

시게노부의 재촉에 도모코가 간신히 무거운 입을 뗐다.

"......문자가 와 있었어요. 귤껍질이 말을 안 듣는데 사진을 어떻게 해버리자. 그런 내용들이었어요."

"귤껍질이요?"

하라다 선생은 무심코 단어를 되뇌었다. 뜬금없이 웬 귤껍질인가?

"무슨 소리인가 싶어서 다른 문자도 열어 봤어요. 귤껍질 오늘 천 엔밖에 없었다. 귤껍질 또 그 체육복 입고 왔으니까 별로 오늘 화장실에 버리고 가자.”

하라다 선생이 다시 물었다.

"그래서 문제의 사진이 있었나요?”

"……네. 문자 안에 노도카 또래 여자애가 벌거벗은 채 웅크리고 있었어요. 낯익은 얼굴이라 집에 놀러 왔던 애구나 싶었죠.”

"이노우에 미치코 양이었군요?”

도모코는 말없이 고개를 끄덕였다.

"누가 보낸 문자였죠?”

"…….”

"한 사람이 보낸 겁니까? 두 사람인가요?”

"…….”

"어쨌거나 다섯 명 중 누군가죠?”

도모코는 대답하지 못하고 끝내 고개를 떨어뜨리고 말았다.

"알겠습니다.”

하라다 선생이 회의실을 나서려는데 마사코가 불러 세웠다.

"하라다 선생님.”

하라다 선생은 미치코의 유서를 꺼내 들고 마사코를 똑바로 바라보았다.

"이건 복사해 놓겠습니다.”

이번에는 마사코도 잠자코 있었다.

"죄송하지만, 잠시 다녀오겠습니다."

하라다 선생이 급히 회의실을 나갔다. 도다 선생도 도망치듯 뒤따랐다. 회의실에는 당황하고 화가 난, 어쩔 줄 몰라 하는 부모들만 남겨졌다. 먼저 말문을 연 사람은 료헤이였다.

"어쩔 셈입니까?"

"네?"

자신에게 따지는 말투에 도모코는 놀란 듯했다.

"어떻게 그렇게 제멋대로 말할 수가 있죠?"

"제멋대로라니, 그게 무슨 말이오?"

쭈뼛거리며 대답조차 못 하는 아내를 대신해 남편 시게노부가 끼어들었다. 하지만 료헤이는 물러서지 않고 따지고 들었다.

"두 분이서 무슨 짓을 했는지 아세요?"

"맞아요. 자기들만 바른 척하고."

마사코도 거들고 나섰다. 시게노부는 두 사람의 말을 채 이해하지 못한 듯 말이 없었다.

"바른 척 같은 것 하지 않았어요." 도모코가 작은 목소리로 말했다. "여드름 난 게 그렇게 문제가 되나요? 그 나이 또래 아이라면 다들 생기잖아요. 여드름 좀 났다고 왜 그런 꼴을 당해야 하나요?"

"그런 말을 하는 게 아닙니다."

료헤이의 목소리가 점점 거칠어졌다. 다에코는 남편이 그러거나 말거나 도모코에게 설명했다.

"……이유 따위, 나중에 붙이면 되죠. 얼굴이 여드름투성이이니까, 음식물쓰레기로 범벅된 체육복을 빨아서 입는 애니까, 더러우니까, 걘 괴롭힘당해도 싸. 다들 그렇게 납득하니까 죄책감도 가질 필요 없지요."

다에코의 냉정한 말투에 지로가 불뚝했다.

"그렇게 남 일처럼 말하지 마시죠. 당신 딸도 했잖아요?"

"그 댁 딸도 했고요."

다에코도 지지 않았다. 지로는 더 이상 말하지 못했다.

"아니야, 이상해. 이해되질 않아. 집단 따돌림 같은 건 없었어. 혹시 있었더라도 우리 애들은 관계없어. 인정하면 안 된다고."

이미 냉정하고 침착하다는 말과는 어울리지 않게 된 료헤이가 큰 목소리로 떠들었을 때, 나카노와타리 교장이 회의실 문을 열었다.

"아, 여러분께 전해 드려야 할 이야기가 있습니다. 유서 말인데요, 역시 부모님께 건네 드리기로 했습니다."

"왜죠?"

마사코가 나카노와타리 교장을 쏘아보았다.

"먼저 도착한 두 통에다 엔도 씨에게도 도착했으니, 이렇게 되면 또 있다고 생각해야겠죠. 어쩌면 신문사 앞으로 보냈을지도 모릅니다. 방송국일 수도 있고요."

"농담하지 마세요!"

충격을 감추지 못하고 마사코의 목소리가 홱 뒤집혔다.

"네, 그렇습니다. 농담이 아닙니다. 일이 이렇게 된 이상 학교에서도 유서를 끝까지 감출 수는 없게 됐습니다."

"공개하겠다는 겁니까?"

료헤이가 물었다.

"네. 경찰에도 보고하겠습니다. 그 점 이 자리에서 양해해 주십시오."

"왜 갑자기 태도를 바꾼 겁니까?"

"바꾼 게 아닙니다."

"뭘 알아내셨어요? 누가 자백이라도 했습니까?"

"그렇지 않습니다."

"정보를 주시죠. 사정 청취는 어디까지 진행됐습니까? 휴대전화도 조사하셨죠? 어떻던가요?"

"……"

"우리 애들보다 그 노랑머리 말을 더 믿으세요?"

"어쨌거나 사실 확인을 서두르고 있으니, 일단 유서를 세상에 알리는 것만이라도 동의해 주십시오."

"일단이란 게 뭡니까, 일단이라뇨!"

결국 료헤이가 나카노와타리 교장에게 버럭 소리를 질렀다. 회의실 안은 순간 정적에 잠겼다.

"저는 괜찮습니다."

시게노부가 의견을 말하자 마사코가 신경질적으로 외쳤다.

"잠깐만요! 애들이 어떻게 되어도 괜찮아요? 미치코는…… 세이코에 다니면서 아르바이트를 했어요. 엄연한 교칙 위반이죠. 그 앤 원조 교제까지 했어요. 아주 글러 먹은 애예요. 유서도 죄다 생트집이잖아요! 안 그래요?"

마사코는 료헤이에게 도움을 구했다. 그러나 료헤이는 아무 말도 하지 않았다.

"이봐요, 뭐라고 말 좀 해봐요."

마침 그때, 내선전화가 울렸다. 나카노와타리 교장이 서둘러 수화기를 들었다.

"뭐? 도다 선생님이? 언제? ……알겠네, 금방 가지."

나카노와타리 교장은 수화기를 내려놓음과 동시에 잠깐 실례한다는 말을 남기고 서둘러 회의실을 나섰다.

17

회의실에는 또다시 부모들만 남겨졌다. 이제 어디에 매달려야 할까. 모두 답을 찾지 못하고 있던 그때, 료헤이가 입을 열었다.

"그게 정말일까요? 귤껍질이 어쩌고 하는 문자란 게 정말로 왔을까요?"

"그게 무슨……."

문자 이야기를 했던 도모코는 어이가 없다는 표정이었다. 아내 대신 시게노부가 나섰다.

"우리가 거짓말이라도 했단 말입니까?"

"뭔가 착오가 있었을지도 모르잖아요?"

"사실은 사실입니다."

"중요한 건 그게 아니에요. 중요한 건 지금 우리가 하나로 뭉치지 않았다는 겁니다."

료헤이는 끝까지 자기 주장을 굽히지 않았다. 완고한 노인과 고집 센 합리주의자의 말싸움은 그렇게 평행선을 달렸다. 마침내 시게노부가 입을 열었다. 최후통첩을 내놓듯이.

"……적당히 좀 합시다. 조금 전에 왔던 젊은이 말이 옳아요. 아이가 잘못하면 부모가 혼내야지요. 네가 한 행동은 나쁜 짓이라고 가르쳐야지요. 죗값은 반드시 치러야 합니다. 미도리 아버님 마음은 정말 잘 압니다. 누구든 제 자식은 예쁜 법이지. 그런데 지금 우리가 사실을 인정하지 않으면, 아이들은 언제 어떻게 책임을

집니까?"

"그런 허울 좋은 말……."

"허울 좋은 말이 아닙니다. 혼내고 가르쳐서 다시 일으켜 세울 생각을 해야지요. 바른 길로 나아가게 해야지요. 그게 부모의 책임 아닙니까?"

하지만 료헤이는 끝까지 저항했다.

"인정하면 끝장이에요!"

"그렇지 않아요. 인생은 깁니다."

"당신은 아무것도 몰라."

"……난 경찰관이었소. 40년을 경찰로 일했다오. 그중 10년은 소년과에 있었소. 여러 아이들이 있습디다. 차를 훔친 아이, 약을 한 아이, 싸우다 사람을 찌른 아이……. 모두가 그런 녀석들은 글러 먹은 놈들이라고 생각하지. 하지만 어찌어찌해서 다들 제 밥값 하는 사람이 됩디다. 그런 법이라오."

"이봐요, 그놈 얘기를 모조리 믿으면 어떻게 됩니까? 다섯 명이 친구 하나를 괴롭히고, 돈을 빼앗고…… 그것도 모자라서 매춘을 시키고 죽인 게 돼요. 아십니까? 이걸 어떻게 인정하게 합니까? 어떻게 반성하게 해요? 어떻게 보상하라고 하느냔 말입니다. 대체 뭘 어떻게 다시 일으켜 세우란 겁니까? 할 수 있을 리가 없잖아요!"

"하지만 다시 일어납니다. 그래서 부모가 있는 거고."

"그쪽은 부모가 아니잖아요? 그래서 그렇게 속 편한 소리를 늘어놓을 수 있는 거지."

"그렇지 않소."

"무책임해. 그렇지. 댁한테는 부모의 책임이 없지?"

"그래, 우리는 노도카의 부모가 아니오. 작년에 그 애 엄마가 남편을 잃었다오. 재혼하면서 그쪽 집에 도저히 아이를 데려갈 수 없다고 해서 우리가 노도카를 거두었지. 퇴직금이 통째로 남아 있었고 연금도 조금씩 나오니 어떻게든 먹고는 살지만, 이 학교를 보내는 게 쉬운 일은 아닙디다. 그래도 모처럼 고생해서 들어왔는데 전학시키는 게 가여워서. 그래, 우리 형편이 노도카를 주눅 들게 했는지도 모르겠소."

거기까지 단숨에 이야기한 시게노부가 바닥을 내려다보았다. 그러고는 새로운 사실을 천천히 이야기했다.

"노도카가 말이오, 스스로 친구를 괴롭혔다고 인정했소."

회의실이 쥐 죽은 듯 고요해졌다.

"지난주에 마누라한테 문자 이야기를 들었소. 노도카를 나무랐지. 그뿐이면 다행이었을 거요. 난 화를 내면서 애를 때렸소. 왜 그런 짓을 했느냐고. 그랬더니 엉엉 울면서 무서웠다고 그러더군."

말없이 듣던 마사코가 반응했다.

"무서웠다고요?"

"그래요. 무서웠다고. 그래서 내가 말했지. 그런 네 마음까지 전부 솔직히 얘기해야 한다고."

시게노부는 말하면서 마사코를 쳐다봤다. 마사코가 눈을 부릅떴다.

"학교에, 말인가요?"

"그렇소."

"하지만 지금 다섯 명 모두 모른다고 하고 있어요. 그건 어떻게 설명하실 거죠?"

"모르겠소."

노인의 말에 료헤이가 성을 냈다.

"모른다는 게 무슨 소립니까!"

"모르는 걸 어쩌겠소."

마사코가 용납할 리 없었다.

"그럴싸한 말이나 늘어놓고, 사실은 도망치려는 거 아니에요?"

"그렇지 않아요."

도모코는 시게노부를 흘끔 보더니 시게노부를 옹호하듯 새로운 정보를 이야기했다.

"저, 노도카한테 들었는데……. 지난주에 학교 끝나고 다섯이 같이 놀러 갔대요. 전철 타고 마루노우치(고급 상점가가 들어서 있는 도쿄의 상업 지구)에 있는 고디바 초콜릿 집에 갔다네요."

"다섯이라면, 이 다섯 명이요?"

마사코가 도모코를 쏘아보며 물었다.

"네. 한 개에 천 엔 하는 초콜릿을 서른 개나 사서 료고쿠 역 앞 노래방에서 다 같이 먹었대요. 노도카는 도저히 먹을 마음이 들지 않았다더군요. 초콜릿을 산 돈이, 그게 그런 돈이잖아요. 하지만 먹지 않으면 친구도 아니라는 말을 들을까 무서워서 먹었대요. 그걸 먹고 혼자 오면서 길바닥에 토하고, 집에 와서도 토하고……. 요즘엔 밥을 입에 대지도 않아요."

"그럼 뭐죠? 그 댁 손녀만 나쁘지 않다는 말인가요?"

"그런 말은 하지 않았어요."

"시노가, 그렇게 밝은 애가 집단 따돌림 같은 걸 할 리가 없잖아요!"

마사코의 말에 촉발되어 준코도 말했다.

"우리 애도 마찬가지예요."

"그런 소리 해도 소용없다고 하지 않습니까?"

여자라는 생물은 어째서 논리적으로 이야기하질 못하는지. 료헤이가 여자들의 감정을 어르는 투로 말했다. 그러나 그의 말이 오히려 마사코의 기분을 상하게 한 모양이다.

"자기 애를 믿으라고 말한 사람은 당신이잖아요!"

"우리 애만 그렇다는 건 그만둡시다."

료헤이가 말하자 줄곧 말이 없던 미사오가 끼어들었다.

"우리 레이라는 절대 아니에요. 그 앤…… 다른 애들이랑 달라요. 절대로 이 일과 관계없어요."

"이봐요, 아까부터 왜 그쪽 애만 다르다는 거예요?"

마사코가 물고 늘어졌다.

"다르니까요."

"외국에서 공부한 사람은 다르다는 말이에요? 유학 다녀온 게 무슨 벼슬이라도 돼요?"

"내가 언제 그랬어요!"

"그럼 뭐냐고!"

엄마들 싸움이 격렬해질 것 같던 그때, 미사오가 조용히 말문을 열었다.

"우리 레이라, 집단 따돌림을 당했어요. 레이라가 열한 살 때, 뉴욕에서 돌아온 다음에요. 친정이 가와사키라 거기서 학교를 보냈는데, 외국에서 살다 온 애라면서 괴롭힘을 당했어요. 날마다 시퍼렇게 멍들고, 애 가방에 매직으로 외국인이라고 쓰여 있었죠. 그러다가 학교에 안 나갔어요."

준코는 깜짝 놀랐다. 조금의 부족함도 없어 보이는 다재다능한 유학파 소녀가 그런 일을 겪었다니. 믿기 어려웠다.

"그래서 학교를 옮긴 거예요. 웬만큼 유명한 학교고, 교장 선생님도 '우리 학교에서는 집단 따돌림 같은 건 절대 없다.' 그러셨고요. 지금도 그 애는 방에 혼자 있을 때면 머리카락을 한 올씩 뽑기 시작해요. 연필로 자기 손등을 찌르거나 커터 칼로 팔을 긋기도 해요. 자기도 모르는 새 그래요. 아직 다 낫지 않았어요. 그래서 혼자 두지 못하는 거고요."

레이라의 자해 얘기는 다에코에게도 충격이었다. 미사오는 이어서 이야기했다.

"내 탓인가 싶기도 해요. 어릴 적부터 아빠가 없었으니까. 일본에 돌아와서 차린 회사가 외국이랑 거래를 하다 보니, 친정엄마한테 레이라를 맡기고 여기저기 돌아다닐 일이 많았어요. 레이라를 줄곧 혼자 뒀죠. …… 다 내 탓인가 싶어요."

내 탓…… 회의실 안에 있는 부모들 모두가 마음속 깊은 곳에 같은 생각을 품고 있었다. 미사오를 달래듯 료헤이가 입을 열었다.

"레이라 엄마 마음 잘 압니다. 나도 부모니까요. 우리 애가 친구를 따돌리고 괴롭히다니. 상상조차 되질 않아요. 아이리 어머님도 그렇죠?"

준코는 고개를 끄덕였다.

"그러면 미치코가 왜 자살했는지가 문제인데요. ……역시 가정에 문제가 있었던 게 아닐까요. 엄마랑 딸 둘이서 살았다니 애 엄마한테 문제가 있는 게 아닌가 싶은데. 직접 아는 분은 안 계시죠?"

고개를 끄덕이는 사람도 있었고, 끄덕이지 않는 사람도 있었다. 정말로 다들 모르는 걸까? 료헤이는 개의치 않고 계속했다.

"경제적으로 무척 힘들었을 겁니다."

마사코가 료헤이 얘기에 덩달아 떠들었다.

"슈퍼에서 파트타임으로는 힘들죠. 아이까지 아르바이트를 했다니 오죽하겠어요? 안 그래요?"

마사코가 동의를 구하는 바람에 준코는 애매하게 고개를 끄덕였다.

"조금 전 그 신문 보급소 소장도 수상하던데요."

지로의 말에 료헤이도 이때다 하고 거들었다.

"아, 시노 아버님도 그렇게 생각하셨어요?"

"대번에 알겠던데요."

"눈이 뒤집혀서 소리소리 지르는 게…… 심상치 않았죠? 미치코한테 집착하는 게."

"네. 그러고 보니 그렇군요."

"어디까지나 추측이지만…… 두 사람, 좀 특별한 관계 아니었을까요?"

"설마요!"

준코는 놀라서 목소리가 갈라졌다. 료헤이는 이야기를 멈추지 않았다.

"정말이지 상상만으로도 소름이 끼칩니다. 근데 그렇게 생각하면 아귀가 맞잖아요. 그러니까 노도카 할머님이 보신 사진을 그 소장이란 놈이 찍었다면······."

"그래 놓고 우리한테 돈을 뜯으러 왔다?"

지로가 납득했다는 듯 이야기를 키워 갔다.

"그럴지도 모르죠. 유서까지 가짜로 만들어서요."

료헤이의 말에 아내 다에코가 반박했다.

"하지만 유서는 다른 사람한테도 왔잖아."

"안 왔어. 이제 유서는 존재하지 않으니까."

"어떻게 그런······."

료헤이가 아내를 무시하고 말을 이었다.

"원조 교제도 자기가 하고 싶어서 한 거 아닐까요? 그러지 않고서야 파트타임 월급만으로 어떻게 한 해에 70만 엔이나 하는 수업료를 내겠어요?"

"역시!"

마사코가 무릎을 탁 쳤다.

"애 엄마가 원조 교제를 시켰을 가능성도 있겠군요."

료헤이는 그렇게 말한 뒤에 아무리 그래도 그건 아니라는 여론을 감지했는지 목소리를 낮추고 덧붙였다.

"그런 사례가 실제로 있었습니다."

"끔찍해라!"

마사코는 야단스럽게 한숨을 쉬었다. 도모코가 의아해하며 물었다.

"노도카 이야기는 어떻게 된 거죠? 초콜릿이요."

"시노 아버님, 애한테 그 정도 용돈은 주지 않으세요?"

료헤이가 묻자 지로는 당당하게 대답했다.

"당연하죠."

료헤이는 계속했다.

"미치코 양의 가정환경과 모친의 사람 됨됨이, 생활 전반과 수상한 아르바이트에 대해 철저한 조사를 요청하죠. 아니, 학교에만 맡기지 말고 우리 쪽에서도 독자적으로 조사해야 합니다. 안 그런가요?"

료헤이의 제안에 지로가 대답했다.

"회사에서 이용하는 흥신소가 있는데요."

"마침 잘됐군요."

"이봐요, 그래서야 되겠습니까?"

시게노부의 목소리에는 분노가 서려 있었다.

료헤이는 태연하게 대답했다.

"자살의 진상을 밝히자는 거예요. 모친이 수상한 건 확실하지 않습니까?"

"중요한 걸 잊은 것 같지 않소?"

"설마…… 정의가 어쩌고 하는 건 아니겠죠? 그딴 걸로는 애를 못 지킵니다."

료헤이의 말이 시게노부의 가슴에 박힌 것일까. 시게노부는 아무 말도 하지 않았다.

18

침묵이 회의실을 지배하는 가운데 도다 선생이 노크도 하지 않고 훌쩍 들어왔다. 모습이 심상치 않았다. 마사코가 물었다.

"선생님, 왜 그러세요?"

"걸어서 바로예요. 미치코네 집. 검은 옷이 아니라 실례가 됐을 텐데 안에 들여 주셨어요. 향도 올렸어요. 이야기도 나눴어요. ……그러려던 건 아닌데, 다들 와 계시다고 얘기해 버렸어요. 그랬더니……."

그때였다. 상복을 입은 여자가 회의실로 들어섰다. 회의실 안에 있던 사람들이 일시에 얼어붙었다.

"안녕하세요. ……이노우에 미치코의 엄마예요."

누구 한 사람 움직이지 않았다. 빈 껍질 같은 여자에게 모두의 시선이 못처럼 박혔다. 준코는 뭐가 두려운지 벌벌 떨었다. 죽은 소녀의 어머니는 조용한 목소리로 담담하게 이야기했다.

"울었어요. 앞으로도 쭉 날마다 울겠죠. 그래도 미치코는 참 장해요. 스스로 생각하고, 결심하고, 움직였으니까요. 미치코를 칭찬해 주고 싶어요. 죽으면 편해질 수 있을까요? 죽으면 저세상에 가서 제 아빠 만나 즐겁게 살 수 있을까요? ……경찰이 말하더군요. 목매 죽으면 괴롭지 않다고요. 뇌에 산소가 공급되지 않아서 눈 깜짝할 새에 정신을 잃고, 10분도 채 되지 않아 심장이 멈춘다고. ……그런 소리가 다 무슨 소용인가요. 그래, 고통스럽지 않게 갔다니 다행이네. 뭐 그런 생각이 들 리가 없잖아요? ……넌 편해서 좋겠다. 죽어 버렸잖아. 난 더 살아야 하니? 제가 아직 더 살아야 하나요? 너무해요. 너무하잖아요."

더는 할 이야기가 없는 것일까. 이노우에 미치코의 어머니, 다마요는 입을 닫았다. 적막에 싸인 회의실 안에는 소리 하나 내는 사람이 없었다. 마사코가 간신히 입을 열었다.

"저……."

그때 다마요가 말했다.

"제게도 왔어요. 편지."

다마요는 편지를 꺼내더니 천천히 읽어 내려갔다.

"저는 반 친구들에게 따돌림을 당하고 있어요. 처음에는 무시만 당했어요. 원인은 잘 모르겠어요. 그저 제가 나쁜 것 같다는 점만 알아요. 그래서 사과도 해봤어요. 하지만 용서해 주지 않았어요. 왜인지는 모르겠어요. 따돌림은 점점 심해지고, 학교에 가기 괴로웠어요. 아침에 일어나는 것도 마음이 무겁고, 그런 나 자신이 너무 싫었어요. 정말 죄송해요. 엄마한테요. 3월 23일, 생신 축하드려요. 선물 못 줘서 미안. 저를 세이코에 보내 주셔서 감사합니다. 지금까지 만들어 주신 도시락 맛있었어요."

다음 내용은 다마요가 읽지 않아도 다들 알고 있었다. 그리고 모두 그 뒤가 없기를 기도했다. 하지만 다마요는 뒷내용을 읽기 시작했다.

"2학년 3반. 시노."

누구도 꿈쩍하지 않았다.

"누구죠?"

지로와 마사코가 서로 얼굴을 마주 보았다. 다마요가 그것을 놓치지 않고 두 사람의 얼굴을 노려보았다.

"미도리…… 누구예요?"

다마요는 누구인가 찾듯이 고개를 움직이더니 료헤이와 다에코 앞에서 시선을 멈추었다.

"노도카."

다마요는 곧바로 시게노부와 도모코를 보았다.

"레이라."

미사오를 노려본 뒤 다마요는 준코에게로 눈길을 돌렸다.

"……아이리 엄마, 이게 어떻게 된 거야?"

준코는 대답할 수 없었다.

"당신 한 사람 집어넣느라 내가 얼마나 굽실거리며 돌아다녔는지 알아? 당신이 너무 힘들어하니까. 남편이 구조조정당해서 큰일이라며 우니까……."

준코가 고개를 숙였다. 회의실 안의 시선이 자신에게 쏠리는 것을 느끼면서.

"은혜를 원수로 갚는다는 게 이런 거구나."

"······미치코 엄마, 미안해."

준코가 간신히 사과했다.

"비슷한 처지라고 생각했어. 친구라고 생각했어. 내가 어리석었어."

"미안해······."

다마요는 듣지 않고 도다 선생 쪽으로 몸을 돌렸다.

"선생님."

"네."

"아이들, 있죠?"

"네."

"어디 있어요? 2층인가요?"

"잠깐만요."

문으로 향하는 다마요를 료헤이가 재빨리 가로막았다.

"왜 그러시죠?"

"미치코 어머님 심정 백분 이해합니다. 하지만 사실인지 확실하지 않잖아요."

"뭐가요?"

"집단 따돌림은······ 없었을지도 모릅니다."

"그럼 미치코가 왜 죽었죠?"

"그건……."

"당신들 자식이 미치코를 죽였잖아요?"

"미치코 어머님, 그건……."

"죽여 버릴 거야……. 내 손으로 다 죽여 버릴 거야!"

엄청난 기세로 회의실을 나가려는 다마요 앞을 도다 선생이 막아섰다.

"용서해 주세요."

"비켜요."

"용서해 주세요. 시노, 미도리, 노도카, 레이라, 아이리, 다들 진심으로 반성하고 있어요. 정말이에요! 용서해 주세요. 부탁드려요. 부탁드립니다!"

다마요는 말없이 도다 선생의 머리카락을 움켜쥐더니 그대로 바닥으로 쓰러뜨렸다. 억눌렸던 분노 전부를 쏟아붓듯 몇 번이고 몇 번이고 선생을 발로 찼다. 선생 또한 아픔을 받아들이는 것이 자신의 책무이기라도 한 것처럼 말없이 견뎠다. 소란스러운 소리를 듣고 회의실로 뛰쳐 들어온 나카노와타리 교장과 하라다 선생도 회의실에 있는 다른 사람들과 마찬가지로 멍하니 그 광경을 바라보기만 했다. 누구 한 사람도 말리지 못했다. 이윽고 다마요가 선생을 향한 발길질을 멈추고 선생을 내려다보았다. 무슨 말을 할까. 하지만 그녀는 아무 말도 하지 않았다.

"미치코 어머님."

다마요는 자신을 부르는 하라다 선생을 돌아보지도 않은 채 중얼거렸다.

"가야겠어요. ……미치코 장례를 치러야 하니까."

다마요는 회의실을 나갔다. 하라다 선생이 뒤를 따랐다.

19

나카노와타리 교장이 쓰러진 도다 선생을 안아 일으켰다.

"도다 선생님, 괜찮아요?"

"전 괜찮습니다."

"일단 보건실로 갑시다."

"괜찮습니다."

도다 선생은 나카노와타리 교장의 손을 뿌리치고 비틀거리며 일어났다. 도다 선생을 향한 료헤이의 분노가 폭발했다.

"도대체 사과는 왜 했습니까? 반성하고 있다니, 그게 무슨 소립니까? 그 애들이 정말로 반성하고 있나요? 진짜 반성하고 있어요?"

도다 선생이 들릴락말락한 작은 목소리로 대답했다.

"……안 했어요."

"그런데 왜 거짓말을 해요!"

"……죄송합니다."

보다 못한 나카노와타리 교장이 도다 선생 편에 섰다.

"도다 선생님은 학생을 보호하려고 그런 게 아니겠습니까?"

"섣불리 죄를 인정하는 건 앞뒤가 뒤바뀐 처사죠."

"교사로서는 훌륭한 행동이었다고 생각해 주실 수 없겠습니까?"

"웃기는 소리 하지 마세요. 민폐도 이런 민폐가 없어요."

그 말을 듣던 도다 선생이, 조용하지만 똑 부러진 말투로 이야기했다.

"그 아이들이 정말 그런 일을 했는지 전 모릅니다. 교장 선생님…… 전 역시 교사 실격이에요. ……용서하지 못하겠어요."

"용서를 못 하다니요?"

나카노와타리 교장은 도다 선생이 하는 말을 한 번에 이해하지 못했다.

"그 애들, 평소랑 다를 게 없어요. 그냥 있어요. 교실에요."

"그게 어쨌다는 거죠?"

도다 선생은 표정 없이 다섯 소녀의 말을, 자신과 아이들의 대화를 되풀이했다.

"나쓰키, 아직도 집에 가면 안 돼? 나쓰키, 화장실. 나쓰키, 배고파. 피자 시켜 줘, 피자. 너…… 알고 있니? 미치코가 죽었어. 알아? 아, 죽었구나. 있잖아, 그럼 우리 다 같이 장례식에 갈 거야? 나쓰키, 장례식 때 교복 입고 가면 안 돼?"

부모들은 아이들의 모습을 상상하고 부르르 떨었다.

"이 세상에서 그 아이들을 가장 죽이고 싶은 사람은 미치코 어머니가 아니에요. 바로 저예요."

도다 선생은 회의실에 있는 부모들을 차례로 둘러보았다. 그러고는 고개를 숙이고 회의실을 나갔다.

"죄송합니다, 실례 좀 하겠습니다."

교장이 허둥지둥 뒤쫓았다. 꺼림칙한 침묵이 다시 회의실을 지배했다. 준코는 간신히 작은 목소리로 마사코에게 사과했다.

"미안해요."

마사코는 대답 없이 그저 한숨만 흘렸다.

20

하라다 선생이 홀로 회의실로 돌아왔다. 준코가 물었다.

"미치코 엄마는요?"

"다른 선생님이 집까지 모셔다 드렸습니다."

"그래요."

료헤이가 이야기를 꺼냈다.

"하라다 선생님. 뭔가 알아내셨습니까? 아이들이 무슨 이야기를 좀 하던가요?"

하라다 선생은 고개를 가로저었다.

"아무 말도 안 하더군요."

"그래요."

"모른다, 처음 듣는다, 그 말뿐입니다."

"노도카도 그렇습니까?"

시게노부가 물었다.

"네."

시게노부는 납득이 되지 않는 얼굴로 똑같은 질문을 되풀이했다.

"노도카도 아무 말을 안 해요?"

"네."

"정말로 아무 말도 안 합니까?"

"그렇습니다."

"선생님, 노도카를 만날 수 없을까요?"

이제는 하라다 선생이 아니라 료헤이가 시게노부를 말렸다.

"노도카 할아버님, 쓸데없는 소리 그만하세요."

"쓸데없는 소리라니, 뭐가 쓸데없단 말이오?"

료헤이는 시게노부를 무시하고 하라다 선생에게 물었다.

"애들 휴대전화는 살펴보셨죠?"

"네."

"사진이 나왔나요?"

"없었습니다."

"분명하네요. 모두의 증언이 일치하고, 증거도 없어요. 이걸로 충분하지 않습니까?"

하지만 시게노부가 물러나지 않았다.

"선생님, 그 애가 저한테는 얘길 했습니다. 한 친구를 괴롭혔다고 숨김없이 다 털어놨습니다."

"확실히 얘길 했습니까?"

하라다 선생의 마음이 움직인 듯했다. 그러나 료헤이는 꿈쩍하지 않았다.

"하지만 지금은 인정하지 않고 있죠. 그게 밝혀진 전부 아닙니까?"

"음……."

하라다 선생은 망설였다. 시게노부가 말을 이었다.

"무슨 일이 있었을 겁니다."

"도대체 무슨 일이 있었다는 겁니까! 사실은 사실이에요. 노도카 할아버님도 이제 그만 받아들이세요."

"노도카가 거짓말할 리가 없습니다."

"아직도 그 소립니까? 결국 당신도 제 손녀만 예쁘다는 거 아닙니까!"

"그런 게 아니오."

"그럼 설명을 해보세요. 일이 왜 이렇게 되었는지 말입니다."

"그건……."

시게노부가 말을 잃었을 때, 아내 도모코가 입을 열었다.

"죄송해요. ……제가 그랬어요. 제가 노도카한테 사실대로 말하지 말라고 했어요."

"아니, 당신……."

시게노부는 그 사실을 전혀 몰랐던 모양이다.

"노도카, 계속 걱정했어요. 할아버지한테 혼날 거라고. 할아버지랑 약속했다고. 그래서 제가 말했어요. 괜찮을 거라고, 할아버지도 이해해 주실 거라고."

"여보, 그건 옳지 않아."

"……알아요."

시게노부는 아내의 배신에 그대로 할 말을 잃었다. 노부부가 입을 다물자 료헤이가 마구 떠들어 댔다.

"역시! 결국 제 손녀만 예쁜 거야. 댁들 같은 사람을 위선자라고 하는 거라고."

시게노부는 아무 말도 하지 않았다. 도모코가 천천히 료헤이를 돌아보았다.

"낮에 친구한테 문자가 왔어요. 노도카가 할머니, 어떡하지, 하면서 보여 줬지요. ……오늘 무슨 일이 있어도 절대로 아무 말도 하지 마. 말하지 않으면 어떻게든 되니까. 휴대전화에 있는 것도 전부 지워. 그렇게 왔죠."

"당신, 그렇다고……."

아내 도모코의 독단적인 행동이 시게노부를 큰 충격에 빠뜨린 것이 분명했다.

"제가 애를 지켜야 한다고 생각했어요. ……죄송해요. 제가 어리석었어요."

하라다 선생이 노부인 앞으로 다가가서 지그시 얼굴을 바라보았다.

"누가 보낸 문자였죠?"

도모코는 대답하지 못했다. 하라다 선생이 같은 질문을 천천히 되풀이했다.

"누가 보낸 문자였죠? 알려 주시죠."

도모코는 망설임 끝에 료헤이의 얼굴을 쳐다보았다. 회의실 안의 시선이 료헤이에게 쏠렸다.

"말도 안 되는 소리 하지 마세요! 우리 애가 그런 짓을 할 리 없잖아요!"

준코도 이제 모든 것을 알 것 같았다. 이 남자 딸이 주모자다.

"요즘 애들은 금세 말을 맞춘다잖아요?" 료헤이는 도모코를 노려보았다. "그 문자도 벌써 지워 버리지 않았나요?"

"그렇긴 하죠."

"그럼 증거가 없잖아! 댁들이 나를 함정에 빠뜨리려 했을 가능성도 있어."

"그런 짓을 할 리가 없잖소."

시게노부가 료헤이를 타이르듯 말했다. 하지만 료헤이는 그 말투조차 못마땅해했다.

"그럼 증거를 가져와 봐."

"적당히 해요."

"적당히 하긴 뭘 적당히 해! 댁이 자기 책임을 잊은 것 아냐? 댁은 적어도 닷새나 전에 알았잖아? 손녀한테 들었다며? 댁이 모른 척한 탓에 미치코가 죽은 거잖아!"

"아니, 그건……."

"보통 부모라면 움직였겠지. 뭐든 했을 거야. 애가 보내는 신호를 읽었어야지. 댁이 제대로 부모의 의무를 다했다면, 미치코는 스스로 목숨을 끊지 않아도 됐어. 그랬으면 일이 이렇게 되지도 않았겠지."

"그래요. 그렇지만……."

"알면 사과해."

료헤이의 말에 아내 다에코가 놀라서 끼어들었다.

"여보, 그건 좀 아니지 않아?"

"넌 가만히 있어!"

료헤이는 아내에게 소리를 질렀다. 그러고는 시게노부에게 계속 지껄였다.

"어서 사과해!"

"미안합니다."

시게노부는 료헤이에게 고개를 숙였다. 당황한 사람은 다에코였다.

"노도카 할아버님……."

도모코도 남편과 함께 고개를 숙였다.

"제가 잘못했습니다."

"나한테만 말고 모두한테 사과해."

"여러분, 정말 죄송하게 됐습니다."

"죄송합니다."

시게노부와 도모코는 자신보다 젊은 부모들 모두에게 깊이 고개를 숙였다.

"이러지들 마세요."

다에코가 말리려는데 료헤이가 막았다.

"쓸데없는 짓 하지 말고 가만히 있어."

다에코도 더 이상 참지 않았다.

"이분들 탓이 아니잖아."

"그럼 누구 탓이야?"

"우리는 어떻고?"

"뭐?"

"당신은 미도리가 보내는 신호, 받았어?"

"나? 그럼, 당연하지."

"거짓말."

"당신…… 지금 여기서 그 얘기가 왜 나와?"

"그러니까…… 보려고 하질 않는 거구나?"

"커뮤니케이션이라면 잘되고 있어."

"마룻바닥에 무릎 꿇려 놓고 고함치고 때리고 또 때리고! 그런 게 커뮤니케이션이야?"

"아니, 이 사람이!"

"미도리는 잘하고 있어. 열심히 공부해서 당신 기대에 부응하고 있잖아."

"그렇지."

"미도리, 지난주부터 못 보던 반지까지 끼고 있더라? 당신, 그거 알았어?"

료헤이는 말이 없었다.

"지갑도 새로 샀어. 노란색 큼직한 가죽 지갑. 저녁밥을 절반은 남기는 건 알았어? 눈을 보고 말하질 않아. 화장실 문도 발로 차서 열어. 날마다 나보다 늦게 들어온다고. 당신, 아무것도 몰랐지? 이달에 휴대전화 요금이 6만 엔이나 나왔어. 그건 어떻게 생각해? 사실은 알고 있었지? 귀찮은 일은 모른 척하니까, 그래서 당신 반에 집단 따돌림이 없는 거야."

"시끄러워!"

료헤이가 다에코의 뺨을 후려쳤다. 다른 부모들은 마른침을 삼키며 지켜보았다.

"결국 당신은 그거야. 그거밖에 없어. 그렇게밖에 남이랑 소통 못 하지."

"입 닫아!"

료헤이가 또다시 다에코 뺨을 때렸다. 다에코는 맞아도 기죽지 않고, 울면서 료헤이를 쏘아보았다.

"……내가 말했어. 미도리한테 내가 그러라고 했어."

"뭐?"

"친구들한테 문자 보내라고. 아무 말도 하지 말라고. 선생님들은 진실 같은 건 알고 싶어 하지 않는다고. 아무것도 모른다고 하면 오히려 한숨 놓을 거라고."

다에코는 하라다 선생을 향해 깊이 고개를 숙였다.

"죄송합니다."

일의 전개에 놀란 하라다 선생은 입을 열지 못했다. 마사코가 조심조심 끼어들었다.

"저기요, 그거…… 우리 시노한테도……?"

"반 모두가 완벽하게 말을 맞출 수 있는데, 다섯 명쯤은 식은 죽 먹기죠."

료헤이가 다에코에게 따졌다.

"……당신, 정말 다 알고 있었어?"

"휴대전화 잠금 같은 건 쉽게 풀 수 있어."

"왜 나한테 말 안 했어?"

다에코는 대답이 없었다.

"왜 나한테 말 안 했느냐고?"

다시 따져 물어도 다에코는 여전히 묵묵부답이었다.

료헤이는 의자에 털썩 주저앉았다. 이제 뭘 믿어야 할까. 마사코가 다에코에게 물었다.

"그럼 여태까지 나온 얘기가 모두 사실이란 말이에요? ……그래요?"

"죄송해요."

"미도리 어머님이 사과할 일이 아니죠."

하지만 미도리 엄마는 하라다 선생을 향해 다시 한 번 고개를 숙였다.

"폐를 끼쳤습니다."

"……아닙니다."

레이라 엄마가 마음을 다잡고 미도리 엄마에게 물었다.

"그게 진짜예요? 우리 레이라도?"

미도리 엄마는 고개를 끄덕였다. 그러자 레이라 엄마는 신음하듯 내뱉었다.

"우리 레이라가 어떻게……."

미도리 엄마는 대답하지 않았다.

21

"하라다 선생님. 레이라한테 가도 되나요?"

미사오가 물었다.

"아, 그게 말이죠."

"솔직히 믿을 수는 없지만 애랑 얘기를 해보고 싶어요. 제가 가면 다 말할 거예요. ……부탁드립니다."

하라다 선생이 고개를 끄덕였다.

"레이라는 복도 끝 미술 준비실에 있습니다. 구라타 선생님이 함께 계세요."

"알겠습니다."

"저도 곧 가겠습니다."

"네. 그럼 실례할게요."

미사오는 레이라에게 향했다. 지로도 참지 못하고 물었다.

"우리도 됩니까?"

"네. ……시노는 온실에 있습니다. 아세요?"

"알아요. 이 학교를 나왔는걸요."

마사코가 대답했다. 조금 전까지 넘쳐흐르던 기운은 흔적조차 남아 있지 않았다.

"일단 애 얘기를 제대로 들어 보죠."

"알겠습니다."

"애가 사실을 인정한다면, 할 수 있는 일은 전부 할 생각이에요."

"네."

"전체 조회는 참석하지 못할 수도 있겠네요. 그럼 먼저 실례할게요."

"실례하겠습니다."

지로와 마사코는 허리를 깊이 숙이며 인사하고 시노에게로 향했다.

느닷없이 벨 소리가 울려 퍼졌다. 준코의 휴대전화였다. 준코는 사람들에게 고개를 숙이고 재빨리 휴대전화를 받았다. 그렇게 기다리던 남편의 전화였다.

"……여보세요. ……몇 번이나 전화한 줄 알아? 계속 메시지 남겼어. ……지금 어디야? ……뭐? ……그냥 들렀다니, 당신…… 정말로 갔어? 작은아버님 댁에? ……아, 그래. ……하는 수 없지. 작은아버님 댁도 어렵잖아. 응. 뭐? 대박? ……푸가 뭐야? 그 곰 인형? 푸랑 스누피? ……아무거나 상관없어. 당신 기분은 알지만, 언제까지 이래. ……응. 지금 학교야. ……전화로 할 얘기가 아니야. 우리 큰일 났어! ……아니, 그 얘기가 아니라…… 그것도 그렇지만. ……힘내야지. ……힘내자. 힘내야 돼. ……됐어, 나중에 얘기해. 빨리 들어와. 아이리랑 기다릴게. ……아, 잠깐. 역시 스누피가 좋겠다. ……그래, 끊어."

준코는 전화를 끊고, 휴대전화를 다시 핸드백에 넣었다.

"그럼 저도."

"네. 과학 준비실입니다."

"폐가 많았습니다."

"그럼 잘 부탁드립니다."

"실례하겠습니다."

준코는 남은 사람들에게 인사한 뒤 아이리가 있는 교실로 향했다.

시게노부는 초췌했지만 여전히 꿋꿋하게 견디고 있었다. 그는 하라다 선생을 향해 고개를 숙이더니 진지하게 사과했다.

"이번 일로 정말로 죄송하게 됐습니다."

"아닙니다. 노도카는 2층 다목적실에 있습니다."

"다목적실이라, 어딘지 잘 모르겠군요."

"괜찮아요. 저도 이 학교 졸업생인걸요."

도모코가 비로소 살짝 웃었다. 하라다 선생도 그제야 그 사실을 안 듯했다.

"그러십니까?"

"54년 전이랑 장소가 달라지지 않았다면요."

"그건 저도 잘 모르겠네요. 안내해 드리는 편이 나을 것 같은데요."

"아뇨, 괜찮아요. 2층 복도, 오랜만에 걷겠네요."

"그럼 그러시겠습니까?"

시게노부는 잠시 머뭇거리더니 하라다 선생에게 물었다.

"나중에 애를 데리고 미치코 장례식장에 가고 싶은데, 괜찮을까요?"

"상관은 없습니다만……."

"그럼 나중에 뵙겠습니다."

도모코가 앞장서서 회의실을 나섰다. 시게노부는 고개를 떨어뜨린 료헤이에게 다가가서 말없이 그의 어깨에 손을 얹었다. 료헤이가 고개를 들었다. 료헤이는 시게노부에게 무슨 말인가 하려 했으나, 아무 말도 하지 못한 채 다시 고개를 떨어뜨렸다. 시게노부는 그대로 도모코를 뒤좇아 노도카에게 향했다.

하라다 선생이 마지막에 남은 료헤이와 다에코에게 말했다.

"어쩌시겠습니까?"

료헤이는 꿈쩍하지 않았다. 다에코 또한 미동조차 없었다.

"그럼, 전 교무실에 가 있겠습니다."

"밤늦게까지 죄송합니다."

다에코가 머리를 숙였다.

"아니요, 아직 할 일이 산더미같이 쌓여 있어서요."

"고생하십니다."

"미도리는 교무실 옆 복사실에 있습니다."

"네."

그렇게 말하고 회의실을 나가려던 하라다 선생이 다에코 곁으로 돌아왔다.

"미도리 어머님……."

"네."

"미도리는 착한 애예요. 그럼 나중에 뵙겠습니다."

하라다 선생이 사라지자 회의실에는 료헤이와 다에코, 두 사람만 남았다. 료헤이는 여전히 꿈쩍하지 않았다. 한참을 료헤이를 바라보던 다에코가 마침내 입을 열었다.

"……이제 어쩔래?"

료헤이는 대답하지 않았다.

"빈소에 갈 거야?"

"빈소……."

"응."

"안 가."

"왜?"

"미도리를 생각하면 쉽게 갈 수가 있어야지."

"응."

"이상해?"

료헤이가 물었다.

"이상하지 않아. 살아야 하니까."

"그렇군."

"살아야지."

"그래."

두 사람은 천천히 일어났다. 가야만 한다. 미도리가 기다리고 있다.

니 부모 얼굴이 보고싶다

초판 1쇄 발행 2012년 11월 10일
초판 2쇄 발행 2012년 12월 28일

원작	하타사와 세이고
글	하타사와 세이고, 구도 치나쓰
옮김	추지나
발행인	김한청
편집	김다미
마케팅	오주형
디자인	민혜원

펴낸곳	도서출판 다른
출판등록	2004년 9월 2일 제2013-000194호
주소	서울시 마포구 동교로 27길 3-12 N빌딩 3층
전화	02-3143-6478
팩스	02-3143-6479
블로그	http://blog.naver.com/darun_pub
트위터	https://twitter.com/darunpub
페이스북	https://www.facebook.com/darunpublishers
이메일	khc15968@hanmail.net
ISBN	978-89-92711-93-7 03830

잘못 만들어진 책은 구입하신 곳에서 바꾸어 드립니다.
값은 뒤표지에 있습니다.

이 도서의 국립중앙도서관 출판시도서목록(CIP)은 e-CIP 홈페이지(http://www.nl.go.kr)와 국가자료공동목록시스템(http://www.nl.go.kr/kolisnet)에서 이용하실 수 있습니다.
(CIP제어번호: CIP2012004966)